熱鷹

——内陸空港の功罪——

豊田旅雄

一

「せ……、ちょ……、ま……」

県警捜査一課強行一班の新人刑事、高橋隆《たかはしたかし》の頭上を、離陸したばかりの大型旅客機が通り過ぎた。

昔と比べれば航空機の小型化と低騒音化はかなり進んだというが、ほんの二百メートル上空からの轟音《ごうおん》はとてつもなく、携帯電話で話す声は、相手にまったく届かなかった。

「あ、先輩、お待たせしてすいませんでした。飛行機、やっと行きました」

ようやく旅客機が遠く離れて空の点となると、高橋は電話の相手の上司、内藤壮一《ないとうそういち》に向かって頭を下げた。内藤は殺人や強盗といったいわゆる一課事件のベテラン刑事だ。〝捜一の壮一〟と呼ばれ、これまでに三度、本部長表彰を受け、次期強行一班の班長とも目されていた。

〈で、タカタカ、強わいの地取《じど》りはどうだ？　何か成果あったか？〉

内藤が未遂事件の聞き込みの成果を聞いた。内藤は高橋のことを、タカハシ・タカシを略してタカタカと呼んでいた。

「先輩、強制わいせつじゃなくて強姦です、強姦《ごうかん》未遂。あ、今は名前変わったから、不同意性交未遂か」

〈罪名なんてどうでもいい。〝ツッコミ〟はツッコミだろ?〉

「ツッコミ?」

〈ツッコミは強姦だろう。タカタカ。お前も一課の刑事《デカ》なんだから、ちゃんと専門用語ぐらい覚えろ〉

「あ、すいません」

高橋は刑事ドラマにあこがれて刑事になった口だったが、実際、ドラマのように毎日不可解な殺人事件が起きるはずはない。凶悪事件が発生したら即応するのはもちろんだが、発生がないからといって遊んでいられるはずもない。こうした事件にもならないような事案を一件一件つぶしたり、膨大《ぼうだい》な捜査資料を作成したりと地味な仕事は山積みだ。そんな仕事なんかよりも、今は現場で経験を積みたい。警察官としては不謹慎なのだが、高橋はいつも、何か大きな事件が起きてくれないかなどと考えていたが、まだ警察でよく使う専門用語にまでは勉強が及んでいなかった。

〈それで、成果はあったのか?〉

「いえ、今聞いてもらった通りなんすけど、現場、滑走路のすぐ脇なんすよ。だから飛行機の音がうるさくてうるさくて。周辺の民家なんかはみんな窓が二重になってまして、いくら聞き込みしても、不審な音とか悲鳴とかは、あったとしてもまったく聞こえないんだそうです」

〈お前、夏なんだから、いくら窓が二重ったって、一軒ぐらい窓開けて寝てる家なんかはあっただろ

う?〉

「いやいや、ここ、騒音下って言うんですか？　実際に騒音下に来てみると、窓開けるのは無理って分かりますよ。住民の話だとこの空港、一日の発着回数が七百回を超えるそうですから、先刻聞いてもらった騒音が一日中です。僕が地取《じど》った家は全部、二十四時間窓閉め切ってエアコンでした」

千秋《せんしゅう》国際空港は、千秋台地の頑強な地盤に建設された全国唯一の国際内陸空港で、今年で開港四十周年を迎える。開港当初には航空機騒音や地権者への補償問題など地元の反発が強く、一部の過激派が合流してからは激しい反対闘争へと発展した。警察、反対派双方に死者まで出したという悲しい歴史がある。空港がこの地域に四万人もの雇用を生み、周辺に空港従業員らが多く暮らすようになった現在は反対派が孤立するようになり、反対派住民の高齢化なども背景に運動はすっかり沈静化していた。

〈ま、未遂事案だし、まだ被害女性の狂言の可能性も残ってるからな〉

「キョウゲン?」

〈お前……。狂言誘拐とか狂言強盗とかって聞いたことあるだろう。要は自作自演ってことだ〉

「あ、そうでしたか。たびたびすいません」

〈もういい。後は所轄に仁義切って本部に戻って来い。次は狂言姉ちゃんの調書の巻き方教えてやる〉

「はい、分かりました。じゃあ僕は、所轄にジ……」

電話の向こうで旅客機の甲高いエンジン音が聞こえ、高橋の声が途切れた。

内藤がスマートフォンを見ると、電話はすでに切れていた。

——タカタカの野郎、仁義の意味は分かってるよな。まさか署に行って、本当に「お控《ひけ》えなすって」なんて仁義切りゃあしねえだろうが……。

内藤はまだ勉強不足の高橋を思い少し不安になった。そしてすぐに所轄署に電話を入れ、「これからうちの新人がごあいさつに行きますのでよろしく」とだけ伝えておいた。

〈緊急、緊急。千秋国際空港で爆発事案が発生。駐機中の旅客機が爆発した模様。死者、負傷者は不明。現在、消防が消火活動中〉

高橋が車で二時間かけて県警本部に戻った途端、庁舎内に緊急の警察無線が流れた。高橋はちょうど駐車場からエレベーターに乗り捜査一課に入ったところで無線は一部しか聞き取れなかったが、課内はすでに騒然としていた。

強行一班の武藤班長に声を掛けた内藤は振り向くと、本部に戻ったばかりの高橋を見つけた。

「悪いな。空港にとんぼ返りだ。行くぞ」

内藤は高橋のもとへ駆け寄ると、高橋の首に腕を掛け、急いでたった今高橋が車を置いたばかりの駐車場へと向かった。

「先輩、空港で爆発って……」

高橋は、先刻まで乗っていてまだ温かい運転席に座って聞いた。

「らしいな。おい、パトランプ忘れるな。今度は緊急車両だ。高速かっ飛ばせ」

そう言った内藤はポケットから自分の携帯電話を取り出し、空港会社に電話をかけた。

「タカタカ、第六ゲートは分かるか？」

「あ、はい。先刻、前を通って来たばかりなんで」

「そこから空港会社の脇に行けるから、緊急車両はそこにあるゲートから中に入れる」

「中？　中って言うと、まさか滑走路の中っすか？」

「駐機中の航空機が爆発したんだから、当たり前だ。正確には滑走路じゃなくエプロンだがな。空港署が先に着いてるはずだから、行けば分かる」

エプロンとは、旅客貨物の積み下ろしや航空機の整備点検、洗機、格納などの業務を行う場所を指す。滑走路を離着陸した航空機がターミナルなどに接続し、乗客を乗降させるまでの間に地上走行するエリアと考えると分かりやすい。

「はい。分かりました」

高橋は赤色灯を回転させ、サイレンを鳴らし高速道路を飛ばした。

空港で爆発。本当か嘘《うそ》か分からない狂言の可能性のあるツッコミの捜査などより、よっぽど大きな事件だ。高橋は浮つく気持ちを抑えながらも、アクセルを踏み込む足に力が入った。

先刻、下道で二時間掛かった道のりが今度は四十分とかからず、あっという間に空港に到着した。


〝日本の空の表玄関〟と呼ばれ、一日十二万人もの旅客が利用する巨大ターミナルは大混乱となっていた。

航空機の発着はもちろん、空港に取り付く鉄道も運行をすべて停止していた。ターミナルビルから次々と逃げ出してくる旅客は、一刻も早く空港から離れようと路線バスに群がった。人の波にのまれたバスやタクシーは発車ができず、そこに高速道路から到着した車が容赦《ようしゃ》なくなだれ込んだ。

内藤たちは、赤色灯を回してサイレンを鳴らし路肩をこじ開け、何とか空港に接続するインターまでたどり着いた。だが、インターは、空港での異変に気付くも高速の終点だから戻るに戻れなくなった一般の車であふれ返り、これ以上車で進むことはできそうもなかった。

空港は目の前に見えている。

内藤たちはすぐに捜査車両を捨てた。高速道路の路肩を一般車両を飛び越えながら走った。車のクラクションと空港から逃げてくる旅客の怒声で混沌《こんとん》とする中、人の波に逆らって空港会社のビルを目指してひたすら走った。

一キロ以上は走っただろうか。やっとのことで空港会社脇のゲートにたどり着いた。息を切らせて係員に現場はどこかと聞くと、ここからさらに一キロ以上離れたサテライトの八十二番スポットだという。コンテナやトーイングカーのあるエリアを抜けると、広大なエプロンに駐機されていた、たくさんの巨大な航空機が目に飛び込んだ。

「……はあ、はあ。先輩、サテライトって……」

「……あれだな」

内藤が、遥《はる》かかなたに見える駐機スポットを指差した。サテライトと呼ばれるスポットは、広大なエプロンが海とすると、大陸である広大なターミナルビルとを巨大な渡り廊下で結ぶ、陸続きの島のようにある。その建物の一番奥から黒煙が上がっているのが見えた。

「せ、先輩。現場、一番奥じゃないっすか。あれ、あの建物をぐるっと回らないと……」

「つべこべ言うな。走るぞ」

そう言った内藤は、ターミナルビルの本館とサテライトをつなぐ長い通路の下を懸命に走った。通路を見上げると、まだサテライトから本館へと避難する旅客の姿が見えた。

「……七十八。……七十九」

二人は、パイロット向けに建物の外側に表示されていたスポットの数字を数えながら走った。

「……八十！」

サテライトの建物をぐるっと回ると、現場の八十二番スポットが見えた。すでに十台以上の化学消防車や警察車両が爆発した機体を取り囲み、消火はほぼ終わっているように見えた。

「せ、先輩。爆発って言っても、飛行機、形は残ってますね」

「……モスキート・エア？　何だ、そんな航空会社ってあったか？」

航空機は右の翼を主脚ごと爆発したか爆破されたらしく、翼が落ちて右に大きく傾いていたものの胴体は無傷で、尾翼や機体側面の文字ははっきりと読み取れた。だが、二人ともモスキート航空という会社は聞いたことがなかった。

機体に近付くと、すでに十社以上のマスコミがカメラを回し、爆発した部分を撮影していた。

「先輩、何でマスコミが僕らより早く来てるんすか」

「ああ、あれ多分、空港の常駐記者だよ。二十四時間三百六十五日空港に詰めて、墜落事故なんかがあったらすぐに撮影するんだ。当然、警察が報道発表するより早いよ」

「へえ。それじゃまるで、人が死ぬのを待ってる死神かカラスじゃないすか」

「まあ、そう言うなよ。向こうも仕事で、国民の知る権利に応えるためにやってるんだ。おれたちの捜査が適正か検証するのも仕事だってんだから、タカタカも下手なとこ撮られないように気を付けろよ」

「はい、気を付けます」

内藤は記者たちを横目に、先着している空港署員たちのところへと向かった。ふと、記者たちのうちの一人と目が合ったような気がしたが、この時は気に留まらなかった。

「で、どうなの？」

内藤が空港署員に聞いた。

「あ、ご苦労さまです。どうやら右の主脚……、あのタイヤが付いてる部分ですね。そこが爆発して少しだけ残っていた主翼の燃料に引火したらしいです。整備士さんや運輸省の方にも確認したんですが、駐機中でしたので、まず事故ではあり得ないそうです」

事件性が高いと聞き、内藤は気を引き締めた。

「鑑識は？」

「あ、はい。こちらに向かってはいるのですが、空港周辺の道路が壊滅的に渋滞しているらしく、まだ空港に取り付けていないそうです」

　空港署員が申し訳なさそうに言った。

「けが人は？　消防は何て言ってる？」

「はい。飛行機自体は到着から五時間ぐらい経ってますので、当時はまったくの無人でした。消防でも今のところ、死者、負傷者は確認していないようです」

　すると、内藤は、

「ふうん。じゃあ、ブルーシート、まだ張れないの？」

と言って、こちらにカメラの放列を向けるマスコミの方をあごで指した。

「消防もまだ、鎮圧は宣言したんですが、完全な鎮火には至ってませんで……」

　空港署員は、延焼の恐れはないものの、まだ消防が消火活動を終了できていないという今の状況を説明した。

「事故の可能性は低いんだろ？　事件性が高いならまず隠さなきゃ。爆弾なんか撮影されたらまずいだろう」

「ですが、ここまで大きな飛行機を隠せるブルーシートがあるかどうか……」

「そんなもん、あるわけないだろう。車両だよ、車両」

そう言った内藤は、のぼりの立った消防の現場指揮本部に行き、急造の目隠しになるよう、適当な消防車両を機体とマスコミとの間に移動させるよう指示した。

例えば殺人事件の現場で、マスコミが果物ナイフを持った捜査員を撮影して「凶器は果物ナイフか」と報道されてはならない。捜査本部事件となれば、百人を超える捜査員が一斉に捜査に当たる。その捜査員一人ひとりが、事件の全容を詳しく知ってはいない。それぞれが決められた仕事をこなし、あらゆる情報を持ち寄って、犯人検挙につなげるのだ。そこに「凶器は果物ナイフ」と報道されれば、どうしても捜査員の意識が果物ナイフに向かってしまう。果物ナイフは単に被害者宅にあっただけで、実際には凶器は犯人が持ち去ったサバイバルナイフだったら、捜査は後手に回ってしまう。だからこそ、こうした場合にはいち早く現場を隠さねばならない。

「さて、目撃者っつっても、エプロンに一般人入れないしな。まあ、空港なら防カメも無数にあるか……」

事故の可能性は低いものの死者・負傷者なし。現場は一般人の入れない場所で無数の防犯カメラあり。内藤は事件と聞き緊張はしたものの、何となく、この事件は早く解決するのではないかと、少しだけ楽観的に考えた。

二

業界で〝帳場〟と呼ぶ捜査本部は、空港の敷地内にある空港署に立てられた。

爆発したモスキート航空十二便は、爆発の五時間前にケイマン諸島から千秋国際空港に到着していた。到着後の機体点検も終わり、五時間後のケイマン諸島への出発を待つのみだったので、爆発当時、機内は完全な無人だった。ケイマン諸島行きの荷物の積み込み時間までもまだ三時間以上あったので、機体周辺にも人はおらず、幸い、死者・負傷者はゼロだったものの、エプロン上での不審人物の目撃情報も今のところゼロだった。

「記者会見は発生の一時間後。出す情報は最低限でいい。会見者は空港署長と木村《きむら》捜査一課長。以上」

捜査本部会議で、坂口《さかぐち》刑事部長が宣言した。

記者会見は早く開くことに意味がある。早く開ければ、いち早く事実を知りたいマスコミの批判を避けられるだけではなく、「まだ事件が起きたばかりだから情報がない」と、最低限の情報を出すだけに留めることができる。通常、これだけの重大事件であれば、報道各社は本社社会部からエース級の記者を次々と送り込んでくる。だが、東京から空港までは遠く、到底一時間では到着できない。だから報道各社は、空港に記者を常駐させている。舌鋒《ぜっぽう》鋭いエース記者など、できれば相手にしたくない。田舎でのんびりと仕事をしている常駐記者の方が楽に決まっている。

そう考えた事なかれ主義の坂口刑事部長の思惑通り、会見には各社の優秀な社会部のエース級記者ではなく、空港常駐記者だけが集まった。木村一課長はここまでの情報に、事故の可能性が低いこと、テロ組織からの犯行声明はないが爆破という手口からテロの可能性が考えられることだけを付け加えて発表した。死者、けが人なしということが緊張感をなくしたこともあったかも知れないが、常駐記者たちはおざなりな質問しかできず、会見は三十分ほどで終了した。会見が終わると、常駐記者たちは「現着が一番早かったのはどこの社だ」などと談笑しながら、会見場を後にした。それでも常駐記者たちは、県警の会見後に警察の捜査を受ける形で運輸省、空港会社が相次いで開く会見に出席するとのことだったから、緊張感がないと言うより、後が詰まっているということもあったのかも知れない。

内藤は、現場両脇の八十一・八十二番スポットでの空港従業員への聞き込みを空港署員に任せ、鑑識が到着するまでの間、完全に鎮火した爆発現場を調べることにした。

現場には特殊な消化剤がまき散らされ、猫のおしっこのようなタンパク臭が立ち込めていた。やはり右の主翼の主脚から爆発したらしく、翼は主脚の付け根から先が十メートルほど落ち、主脚自体は爆発により原形を留めていなかった。エプロン上には、主脚のものだろう、無数の金属片が飛び散っていた。

「翼の中って確か燃料タンクだろ？　この爆発って、爆弾自体の威力なのか、航空燃料に引火してこの威力なのか、どっちだ？」

内藤が聞くと、高橋は、

「整備士さんに聞いたところ、ケイマンから到着して再出発の給油前だったから、燃料自体はそんなに残ってなかったんじゃないかって話です。このモスキート航空ってとこも貧乏会社で、いつも燃料は余分に積まずギリギリで飛んでいたそうです。ただ、爆発音は二度したってことですから、少しだけ残っていた燃料に引火したのでは、とのことでした」

と、つい先刻聞いたばかりの情報を報告した。

「爆発音が二度か。じゃあ完全に事故の線は消せるってことだな」

「まさか、バズーカとか迫撃砲で撃たれたってことはないですよね？」

「まさか。それなら、それこそ爆発音は一度だろう。それに、そんなの撃った瞬間、あっという間に見つかるし、そもそもそんなもん持ち込んでたら、こんなことになる前に空港署でとっくに逮捕してるよ。ま、あらゆる可能性を排除しないってのは大事だがな」

内藤は、エプロン上にはいつくばり、散らばった破片を一つ一つ確認しながら言った。高橋は現代っ子らしく、少しでも叱《しか》ったりけなしたりすると、すぐにすねる。こんなバカなことを言ってもほめないといけないのはバカらしいが、内藤はすでに感情を込めずにほめる術を心得ていた。

「ん？　あれは……」

内藤が駆け寄ると、一センチ四方ぐらいの黒い染みのようなものがエプロンにこびりついていた。溶けたタイヤ片はいくつもあったが、それとは違う。恐るおそる爪で突っついてみると、すでに冷えて固まっていた。硬い。明らかにタイヤのようなゴムではない。きっとプラスチックだ。飛行機マニアではないが、航空部品にプラスチックを使うというのは、素人でも考えられない。ふと横を見ると、太さ一ミリほどの細いリード線の破片があった。

——爆弾だ。それも時限式……。

そう直感した内藤は、すぐに携帯電話を取り出し、武藤班長に報告した。

「班長、時限式ってことは、もし他にも仕掛けられてたとしたら……」

〈ちょっと待て。時限式って、鑑識の判断はまだなんだろう？〉

武藤班長もこちらに向かっているとのことだが、やけに落ち着いた様子だった。

「はい。所轄除けばおれらが一番乗りです」

〈なら、鑑識の分析を待とう〉

「どうしてですか？　鑑識なんか待ってたら、またいつ爆発が起きるか……」

〈別にお前の見立てを疑うわけじゃないが、そのリード線ってのも、飛行機の部品か何かの可能性だってあるだろう？〉

「あんな手で引きちぎれそうな細いリード線なんて、飛行機に使うはずないでしょう」

〈まあいい。とにかく鑑識が判断してからだ。鑑識が見りゃあ爆弾テロと断定するのは間違いないんだから、そうなりゃ、どうせ事件は公安とテロ特に持ってかれる〉

武藤班長は、捜査の指揮権が、早晩、テロを専門とする公安部と通称「テロ特」と呼ばれる県警の特殊テロ対策班に移ることを指摘した。

——そういうことか……。

内藤は武藤班長がやけに落ち着いていた理由が理解できたが、それでも緊急性が極めて高い事案なのだから、

「ですが、空港から一刻も早く人を遠ざけないと」

と、必死で食い下がった。

〈その判断は帳場でする。帳場には、お前が言ったことは伝えるから安心しろ。ただ、テロと断定するのは、とにかく鑑識を待ってからだ。それも恐らく、そう時間は掛からん。捜査の指揮が向こうに移れば、きっと強行一班は雑用だ。お前がやることはただ一つ。捜査の指揮が移る前に、何でもいいから犯人の手掛かりを見つけろ〉

——県警のエース部署、強行一班が雑用？　ふざけるな！

内藤は、怒りに任せて電話を切った。

——こんなもの、鑑識が見なくたって爆弾テロだと分かる。この爆破で誰も死ななかった以上、第二、第三の爆弾が用意されている可能性だってある。旅客に避難も呼び掛けず、手掛かりを探せったって、もうあと五分もすれば鑑識が到着するじゃねえか……。

内藤が、自分が走ってきたゲートの方を見ると、まさに鑑識の車両がこちらに向かって来ていた。

「……くそう、何が『手掛かりを見つけろ』だよ。雑用って何だよ」

内藤はまだ遠い鑑識の車両を無視して、エプロン上にはいつくばって何か手掛かりがないか必死で探した。

すると一カ所が、太陽光に反射して光った。近寄ってみると、それは一センチ程度のガラス片だった。自分の指紋が付かないようにしてハンカチで拾った。一辺が丸くなっているように見えた。モスキート機を見た。窓は一つも割れていない。そもそも、航空機の窓はアクリル製のはずだ。こんな厚さ数ミリのガラスであるはずがない。

程なくして到着した鑑識はすぐに現場を封鎖し、ローラー作戦であっという間に残されたすべての証拠をさらい尽くした。

鑑識が来て三十分も経たないうちに、捜査本部は時限式爆弾を使ったテロと断定した。武藤班長が言った通り、国際的テロ組織による犯行の可能性が高いため、捜査の指揮は公安部と特殊テロ対策班に移され、内藤たちは捜査本部に呼び戻されることになった。

この間、内藤が心配したような第二、第三の爆発は幸いにして起こらなかった。

「死人どころかけが人すらいない爆弾テロって……。国際的テロ組織でそんなの、あり得るんすかね？」

現場から空港会社脇のゲートまでエプロン上を歩きながら、高橋が言った。

「テロとしては失敗なのか、何か他に狙いがあるのか……。今さら反対派のゲリラか……」

「反対派ですか？　僕も警察学校でやりましたけど、反対闘争って僕が生まれる前の事件ですよね？　関係者なんてみんな年食ってるか死んでるんですから、反対派なんてあり得ないんじゃないっすか？」

確かに高橋の言う通り、空港反対派によるゲリラ事件など、空港周辺では三十年以上起きていない。当時の反対派のリーダーはすでに死亡しているし、合流した過激派の関心もこの空港ではなく、とうの昔に米軍の基地問題へと移っている。高橋だけではなく誰にとっても空港反対闘争はすでに歴史と化していた。

「まあ、そうだよな……」

内藤はそうつぶやいたが、それでも脳裏からは、空港に関する事件だけあって、どうしても『反対派』の文字が消えなかった。

内藤の父親は刑事だった。

正義感が強く仕事に熱心過ぎて、結婚は三十八歳と、周りの同僚と比べてもかなり遅かった。県警の大先輩に言わせると、性格的には今の内藤にそっくりだったという。

空港開港前夜、反対派と警官隊は激しく衝突した。闘争が激化するにつれ、対応する人員が不足し、本来、今の内藤と同じ強行犯担当だった父も、一時的に空港警備に異動させられた。

「父さんに何かあったら、母さんのこと、頼んだぞ」

父は事あるごとに、まだ小さかった内藤に何度も何度も言い聞かせた。こう言った後には必ず、金杯を持って帰った。犯人逮捕の褒賞《ほうしょう》だった。今から考えれば、この言葉は、犯人逮捕という重大局面での、父のゲン担ぎだったのかも知れない。

始めのうちは父が何を言っているのか分からず、褒賞の金杯にジュースを入れて飲むのが楽しいだけだった。だが、小学校に上がり父の仕事を理解するようになると、父の言う「何か」が「死」であることが分かった。父が殺人犯の反撃に遭い命を落とす。出所した殺人犯が逮捕した父を恨《うら》んで殺しに来る――。想像すればするほど怖かった。父が正義のために戦って死ぬ。そんな悲劇はいつ起こってもおかしくない。分かってはいても、そんな覚悟など、家族にできるはずはなかった。

幼心にそんな不安を覚え始めていた矢先だった。

「父さんに何かあったら、母さんのこと、頼んだぞ」

千秋国際空港の開港予定日前日の朝、父に言われた。

胸騒ぎを感じた内藤は、父の足に抱きつき、「行かないで」と泣いて懇願した。

それでも父は、「大丈夫だから」と言って内藤を落ち着かせ、普段通りに仕事へと向かった。

父のいた警官隊はこの日、空港近くの稲荷山で反対派と対峙《たいじ》した。

「警察は軍隊じゃない、捜査機関だ」

父はこの頃、同僚にそう話していたという。

話し合いで武力衝突を避けようと、ジュラルミンの盾一つで一歩前に出た父に、反対派の男が問答無用で火炎瓶を投げつけた。父が盾でかわすと、その男は、今度は父の足元を狙って二本目の火炎瓶を投げた。火炎瓶はアスファルトで割れ、火のついたガソリンが父を飲み込んだ。これを合図に、警官隊と反対派は激しいもみ合いとなった。想像を絶する混沌《こんとん》で、救助は間に合わなかった。炎に包まれ、呼吸すらできない状態だった父は、反対派の別の男に鉄パイプで繰り返し殴打された。

父は、四十六歳の若さで、稲荷山に命を落とした。

「タカタカ、とりあえず、動かせるか分からんが、車に戻るぞ」

「え？　本部に戻らなくていいんですか？」

「バカ。戻ったら雑用だ。その前に、行きたいところがある」

内藤たちがゲートを出ると、地の底からわき上がるような数万人の旅客の怒声や悲鳴が、地鳴りのように響き続けていた。第二、第三の爆弾を警戒した内藤が心配するまでもなく、空港では有事のマニュアルに沿って、空港職員らがターミナルビルから駐車場へと旅客を避難させていた。だが、マニュアルもここまでで、バスも鉄道も止まり、この先どうしていいか分からなくなった旅客たちは、完全にパニック状態になっていた。空港職員も、ターミナルの安全が確認されるまで待機するよう声を枯《か》らして懇願しているが、あの広大なターミナルすべての安全確認など、そう簡単にできるものではない。

幸い、高速道路の封鎖も早かったようで、内藤たちが捜査車両にたどり着くと、空港署員により何とか緊急車両だけは動かせるようになっていた。車に乗り込んだ高橋が、

「あれ、何万人いるんすかね？」

と聞くと、内藤は、

「いくら航空会社が旅客のプロったって、外人もいるし、どこまで抑えられるかな。暴徒と化すのも時間の問題な気もするな」

と、別の心配をした。雑踏警備のプロ中のプロである県警の空港警備隊も続々と詰め掛けてはいるが、近年の反対派の沈静化により、相当数の人員が削減されていた。しかも、警備対象は数万人。爆弾テロとなれば、いくら被害がなくても、きょう中の鉄道の運行再開は絶望的だろう。空港に閉じ込められた数万人の群衆の出す地鳴りのような声は、つい三分前よりも大きくなっていた。

空港からわずか十五分で到着した柴田町役場は、空港であれほどの事件があったばかりとは思えないほど、ひっそりとしていた。

車から降りた内藤が、四階建ての真新しい庁舎を見上げた。その視線は、正面玄関のひさしに書かれた『柴田町役場』の文字に向けられているようで、遥かその先の空を見ているようにも見えた。内藤は、ふうっと息を吐《は》くと、「よし、いくぞ」と言って、高橋とともに庁舎内に入った。

柴田町は、人口わずか三千人の小さな町だ。職員数は百人程度で、町税収入も他の自治体と比べれば微々たるものだ。四階建てのこんなに立派な庁舎など、本来持てるはずのない町だったのだが、空港がこの町を変えた。町税収入の数倍にも及ぶ騒音対策費、空港交付金が、開港当初の空港公団、その後民営化された空港会社から毎年毎年支給され、町を潤し続けていた。人口も少なく農地しかない町に道路や箱モノは必要なく、空港に取り付く町道整備以外に新たな事業を行う必要もない。百パーセント地元採用の町職員の給与は、全国でもトップ水準だと言われていた。

エレベーターで庁舎の三階に上り秘書課に聞くと、町長は在室中だという。秘書課長が町長室のドアをノックした。通常、政治家を相手にするのは、知能犯を扱う捜査二課だ。凶悪犯と知能犯の取り調べは、当然、手法が違う。一課のように証拠を突きつけて被疑者を追い詰めるのではなく、二課は被疑者に信頼されることに重きを置く。だから、二課の取調官は被疑者に見下されないよう、日々、被疑者に負けない知識を身に付けていかなければならない。

内藤は町長室に入る前に、高橋に、

「いいな、警察学校でやったろ？　まだ『準備段階』だからな。余計なことは言うなよ」

と耳打ちした。

町長室に通されると、馬場雄一郎《ばばゆういちろう》町長は、執務机ではなく応接セットの中央に座っていた。白髪まじりの角刈りで農家だからか真っ黒に日焼けし、仕立ての良いスーツがやけに似合わない。腹が出過ぎていて、恐らく、ジャケットの前ボタンは締めたことはないだろう。左胸には、柴田町の〝柴〟を丸で囲った町長専用のピカピカの金バッジが輝いていた。庁舎内は全館禁煙のはずだが部屋はかなりたばこ臭く、空調も効きすぎていて寒いぐらいだった。

お互いに簡単なあいさつを済ませると、モデルのような若い女性秘書がお茶を置いて出て行った。一口飲むと、明らかに高級なものだと分かった。同じ官公庁だと言うのに、県警本部の出がらしとはえらい違いだった。

「で、刑事さん。きょう来たのは、例の空港の爆発？」

あれほどの事件が目と鼻の先で起きたというのに、馬場はまるで他人事だった。

「あ、はい。けが人はいないようなんですが、モスキート航空機がやられました」

「で、おれんとこ来たってことは、何、支援要請？　広域消防は出てるだろ？　職員は出せねえよ？　うちも見ての通り、そんな余裕ないんだから」

馬場の話を聞きながら、内藤は町長室内のホワイトボードのスケジュールを確認した。

「馬場町長、きょうは午前中一杯、議会だったんですね？」

「いや、それが午前で終わんなかったんだよ。元子《もとこ》のばあさんに、またいつもの追加質問連発されちゃってな。午後再開して、先刻、やっと終わったとこだよ」

「ああ、いつもの共社党の」

「そうそう。刑事さん、良く知ってるな。本当あのばあさん、毎度毎度だから参るよ」

そう言って馬場がお茶に手を出したので、内藤もお茶に口を付けた。

「馬場町長。きょうは支援の要請ではなくて、例の爆発。馬場町長なら何か心当たりがあるんじゃないかと思いまして。いかがですか？」

「心当たり？　まさか刑事さん、おれを疑ってるんじゃねえだろうな？」

「いえいえ。議会中ってのはすぐ確認できますから」

「今さら心当たりってもなあ。反対派の地権者なんて、もう大半が死んじまってるし、全共総連だって、もう活動してねえだろ。空港狙いなんて国際テロじゃねえの？　どっかから犯行声明とか出てねえの？」

馬場の指摘に不自然さはなかった。開港当時、反対派の運動に合流した過激派の全共総連は、確かにここ三十年以上、空港周辺での活動は途絶えていたから、捜査本部もすでに国際的テロ組織による犯行の可能性が高いと見ている。これまで何百人と凶悪犯を見てきた内藤の〝アタリ〟では、馬場の表情からは嘘《うそ》を言っているようにも見えなかった。これが政治家の難しいところで、ポーカーフェースはお家芸。感情をまったく表に出さないまま、立て板に水のごとく話す。二課の取調官であれば、これでも何かを見抜くのかも知れないが、内藤にはその技術も経験もなかった。

「われわれも国際的な線と地元の線と、あらゆる角度から捜査しておりますので。馬場町長。地元の線で、もし何か思い出しましたらご連絡ください」

内藤たちが帰ろうとすると、馬場は、

「おい。一応これ、聴取じゃねえよな? まかり間違って『町長を聴取か』なんて新聞に書かれたら、もうすぐ選挙だからまずいんだよ」

と言って二人を呼び止めた。

「あ、馬場町長。大丈夫です、ただのごあいさつってことで。何か思い出しましたら、その私の名刺のところに、必ず電話してください」

内藤は、馬場が手に持っていた自分の名刺を指差し、深々と頭を下げて町長室を後にした。

「先輩、あの町長、何かヤバくないですか?」

柴田町役場の庁舎を出た駐車場で、高橋が捜査車両に乗り込みながら内藤に言った。

「ヤバいって何だよ。何でもかんでもヤバいで済ませるの、あまりにも語彙《ごい》力がねえぞ」

「あ、すいません。ヤバいじゃなくてええと……。あの町長、目の奥が笑ってないって言うか、肝が据わってるって言うか……。絶対に何かやってるなって気がしました」

「ほう、そう感じたか」

内藤は、高橋に意外と人を見る目があったことに感心した。内藤から見た馬場は、金欲主義、権威主義の塊《かたまり》だ。たかだか人口三千人の町の町長にはあり得ない豪華な庁舎に町長室、美人秘書。いわゆる〝成金社長〟という言葉がぴったり来るという印象だった。


開港前日に警官隊と反対派が衝突した稲荷山事件は、内藤が刑事になるきっかけになった。戦争や紛争は、人の命を数字に変える。『反対派と衝突、警官2人死亡』、『車両ゲリラで公団役員ら4人死亡』、『武力衝突、双方数十人死傷か』。空港の開港前後の新聞には連日、こんな見出しが踊った。稲荷山事件の記事を見ても、反対派に殺害された父の名はどこにもなく、ただポツリと『警官隊の死者は一人だった』と書かれていた。

銃を持った警官隊が、投石と火炎瓶、鉄パイプで戦う反対派を武力によって制圧していたらどうなっていたか。世論は反対派に傾き、一気に空港建設のとん挫へとつながっていたかも知れない。

「警察は軍隊じゃない、捜査機関だ」

仲間を殺された県警は、父の遺した言葉の通り、懸命の捜査で父を殺害した被疑者二人を特定し、逮捕した。

このうち父を鉄パイプで撲殺した一人は反対派のリーダーで、服役中に刑務所内で病死した。そして、もう一人の実行犯。父の足元に火炎瓶を投げつけ、父を火だるまにしたのが、この時、反対派の下っ端だった現柴田町長、馬場雄一郎だった。

当時、闘争は激化するばかりで交渉する余地はなくなっていた。連日、武力衝突するばかりで運動自体には何の進展もなく、先の見えない闘争に反対派は疲弊し切っていた。

そこで、リーダーとともに逮捕された馬場は、リーダーを生贄《いけにえ》に差し出すことで、自分が国と反対派の窓口になると言い出した。自分の殺人罪を不起訴としてくれれば、自分が反対派の中心となって、政府側との話し合いのテーブルに就く。そこで双方の言い分から落とし所を探り合い、この反対闘争を終わらせようと主張した。

この時、激しい闘争により、開港は予定日からすでに二カ月以上遅れていた。一日も早い開港を望んでいた政府側は、馬場の提案を受け入れた。こうして開かれた円卓会議で、地権者に対して空港建設予定地の強制収用はせず、用地買収交渉を行うこと、航空機の騒音対策を行うこと、地域振興策を図ることなどといった民主的な条件に合意。会議の場で馬場は反対派を代表して謝罪し、反対派の解体も宣言した。

実際には、馬場などという下っ端がいなくなったところで、反対派は厳として残っていたのだが、馬場は円卓会議での功績を引っ提げて地元の柴田町長選に打って出た。最初は落選したものの、その後は空港擁護派に変わり、交付金を活用した派手な政策を打ち出して初当選した。二期目からは無投票で、多選批判をものともせず、現在まで八回もの連続当選を重ねていた。

高橋が、捜査本部のある空港署に向け車を発進させた。

「でも何で、先輩は真っ先にあの町長んとこに行ったんですか？　収穫があったようには見えませんでしたが……」

「ああ。捜査の指揮権がテロ特に行っちまう前に、どうしてもあの馬場って男のツラを拝んどきたくてな……」

馬場と一緒に逮捕されたリーダーの裁判では、裁判所は馬場を殺人の共犯とはっきり認めていた。

馬場は司法取引で起訴されなかっただけで、父を殺した殺人犯であることに変わりはないということになる。

内藤は、立派な墨文字で『柴田町長　馬場雄一郎』と印刷された名刺を握りつぶし、遥か先にわき立つ入道雲を見つめた。

三

午後八時前、内藤たちが捜査本部のある空港署に戻ると、玄関にはすでに十数人の若い記者たちが暇そうに待っていた。八時からの捜査会議が終わるまで待ち、出てきた捜査幹部に捜査の進捗《しんちょく》を聞こうというのだが、捜査本部前で公式の報道発表をするならともかく、非公式な捜査内容など話せるはずがない。マスコミもそれを分かっているから、待っているのは幹部の顔が分からないどころか、刑事訴訟法も知らない、社会記事もろくに書けないような学生気分の抜けない一年生記者ばかりだった。そんな人間に、口頭で捜査情報を話すバカはいない。文書による公式発表でなければ、誤報をされるに決まっている。

例えば、ある殺人事件でありとあらゆる色の車の目撃情報が捜査本部に寄せられたとする。現場を取材してきた若い記者が、「黒い車を見たって人がいたのですが」と聞いてくる。そこで捜査側が、「黒い車の目撃情報もあったが、他にもたくさんあって精査中だ」と説明すると、功を焦った若い記者に、次の日の新聞で『犯人は黒い車を使用か』などと書かれてしまう。そうなると、その日から捜査本部には黒い車の目撃情報ばかりが寄せられるようになってしまい、実際に犯人が白い車を使っていたとすれば、捜査に多大な混乱を来《きた》してしまうのだ。

若い記者たちが警察の公式発表以外のネタを書いて他社に先んじようという気持ちは分かる。だが、警察だってネタを話す相手は選ぶ。

「先輩、裏口回りましょうか？」

「大丈夫、大丈夫。どうせ一年生だ、おれたちの顔なんて知りゃあしない。アイツら、刑事部長の顔だって分からねえんだから」

そう言った内藤は、高橋を従えて堂々と正面玄関から中に入った。談笑する記者たちは一瞬だけこちらを見たが、やはり分からないらしく、そのまま談笑を続けていた。

捜査会議はやはり、公安部に仕切られた。すでに、外国の複数のテロ組織が、「すべては神の思し召《おぼ》しだ」、「憎しみの業火《ごうか》に燃えよ」などというメッセージを出していたことが確認されたとのことで、捜査の本線は、国際テロに据《す》えられることとなった。果たしてこの日本語訳には何の具体性もなく、発出元の組織も複数あってほぼ毎日のように似たようなメッセージが確認できたから、これらが本当に日本の空港爆破を対象とした犯行声明なのかすら判別がつかないように内藤には思えたが、上層部はこのメッセージが発出されたタイミングと世界情勢を考慮したと説明し、自信を見せた。

公安とテロ特以外の百人を超える捜査員は、爆破のあった八十二番スポットの両脇、八十一・八十三番スポットに駐機していた航空機の旅客名簿を使った目撃情報の洗い出しと、空港内に設置された膨大な防犯カメラ映像の解析を命じられた。

「班長、こんなの、県警のエース部署がやる仕事っすか？」

内藤はパソコンで延々と空港内のロビーを映した映像を観ながら、武藤班長にボヤいた。

「まあ、そう言うな。明後日は当番だから、ここ抜けて本部に戻れる」

武藤班長も、隣のパソコンで似たような映像に飽きている。

「ここの道場に二泊して本部で当番っすか？　おれらは猟犬ですよ。犯人《ホシ》を追わせてくださいよ、犯人を」

「まあ、強行一班にこの雑用はねえよな。そこはおれが掛け合ってみるよ。期待はできないけどな。そんで内藤、きょうは何か収穫はあったのか？」

「鑑識にエプロンで拾ったガラス片は出しておきましたけど。あとはまあ、地元の町長に仁義切って来ただけです」

「お前、まさか馬場んとこ行ったのか？」

「馬場も国際テロだって言ってましたよ」

「お前。馬場はお前の親父さんの仇《かたき》だろう。捜査に私情は挟むなって何度も……」

武藤班長が言いかけると、内藤は、

「ふああ。大丈夫ですよ。あの野郎、おれの顔見ても、名刺を見ても分かってなかったっすから」

と、あくびをしながら言った。

「バカ野郎。向こうが分からなくても、お前に問題があるんだ。お前が私情を挟んでヤツに執着し過ぎたら、捜査の方向性を誤るって言ってんだ」

「ふああ。大丈夫ですよ。そもそも捜査ったって、これですよ？」

内藤はまたあくびをしながら、あごで自分が今観ているパソコンの画面を指した。

「まあ、そうだが。でもな、内藤。お前の気持ちも分かるけど、今後一切、お前は馬場んとこには行くな。どうせまた、すぐに別の事件も起きる。そん時は、おれたち強行一班はこの帳場から外してもらって、そっちに行こう。課長にはおれから言っておく。いいな？」

武藤班長がパソコンから視線を外して内藤の方に向き直ったので、内藤は、「ほら、班長、進んでる」

と言って、武藤班長にパソコンを観るよう促した。

幸か不幸か、県内は航空機爆破から三日間平穏で、武藤班長の言う〝別の事件〟は発生しなかった。内藤が二夜連続の泊まり込みの防犯カメラ捜査、県警本部での当番勤務を終えた朝、久しぶりに単身用官舎に帰って集合ポストを確認していると、内藤の帰宅を待っていたとばかりに、男に後ろから声を掛けられた。

「内藤さん、お久しぶりです」

「あれ？　諏訪《すわ》さん？　随分久しぶりだねえ。今、どこにいんのよ？」

地元紙・千秋新聞の記者、諏訪だった。この男には社会部だった当時、かなり夜討ち朝駆けをかけられていた。内藤から諏訪に何か特ダネになるようなネタをくれてやったことは一度もなかったのだが、諏訪には記者特有のネタ元にこびるといった姿勢がまったくなく、内藤はそこにかえって好感を持っていた。

「社会部の後、今は空港担当ですよ。爆発の時、現場で写真撮ってたら内藤さん見かけたんで。で、どうですか、やっぱりあれ、国際テロですか？」

それを聞いた瞬間、内藤は現着した時に記者と目が合った気がしたのは諏訪だったのかと思った

が、すぐに昔のように、

「久しぶりに来て、いきなり聞くかい？　夜回りはギブ＆テークが基本だろう。空港に異動して鈍ったか？　まずはそっちがつかんだネタ寄越せや」

と軽口をたたいた。

通常、何か事件があった場合、認知の早い警察は、マスコミが到着する前に現場周辺の聞き込み、いわゆる地取り捜査を終えている。聞き込みをする捜査員の数も当然、記者の数を圧倒しているから、マスコミの聞き込みで得た情報に、警察が関心を示すようなものはほとんどない。だが、最近では、事件や事故の目撃者が警察に通報せずにスマートフォンなんかで撮影した動画をマスコミに流し、それを放映させることで目撃者自身のSNSアカウントの閲覧回数を大幅に増やそうというケースが増えている。そこには、警察よりも早く現着した市民が得た貴重な情報というのもある。こうした記者の夜回りという非公式な形で記者からそういった動画や写真をこちら側に〝通報〟してもらえれば良いのだが、今回の場合、発生からすでにかなりの時間が経過してしまっているから、今さら夜回りに来た諏訪からそれをもらおうというのは期待できそうにない。かつては誰もがSNSなど優先せず、警察への通報を最優先としてきたのだ。捜査側からすれば、インターネット社会など、クソ食らえだ。

「うちみたいな弱小新聞社になんて、誰もタレコミしませんよ。一円も出せないですから。でも僕、あの日、記者連中では一番早く現着したんで、僕が撮った写真なら、目を通してもらって構いませんよ」

そう言った諏訪は、肩から提げていたデジタルカメラの電源を入れ、事件発生直後に撮影したという画像を見せてくれた。諏訪は社会部時代と変わらず、黒い皮の手袋をしていた。記者だというのに金属アレルギーでカメラに直接触れられないのだ。一枚一枚画像をチェックしていくと、当時、内藤が心配した通り、爆破された主脚の残骸《ざんがい》を最大望遠で撮影しているものもあった。幸い、諏訪の安い二百ミリのレンズでは、その残骸を細かくとらえ切ることはできていなかった。

「あ、あの後すぐ、駐車場行ったんだ？」

「ダッシュでしたよ。駐車場で〝震え上がる旅客〟の声取って、本当、参りましたよ。帳場の立ち上げ会見、発生から一時間後だったじゃないっすか。一時間後なんて早過ぎですよ」

爆破されたモスキート航空機の画像の後、ターミナルの外の駐車場に避難させられた旅客の画像が続いていた。恐怖に震える人や必死に避難を呼び掛ける航空会社の職員、その職員に怒りをぶつけて説明を求める旅客。諏訪が撮影した写真は、その表情を良くとらえていた。

「あ、最後はうちの課長か」

記者会見で空港署長と一緒に捜査本部の立ち上げを発表する木村一課長の写真で終わり、また最初の爆破直後のものに戻った。

「あ、戻りました？　結局これ、この一番最初に撮ったの、これを新聞で使ったんですよ」

その写真は、消防隊が航空燃料のある翼の消火を終え、残った部品類の消火に移行したまさにその瞬間、まだ炎を上げるタイヤ片の撮影に成功していた。内藤が、集合ポストから取り出し、まだ手に持っていた二日前の千秋新聞を広げると、確かに同じ写真が掲載されていた。

「このホント、〇コンマ何秒後ですよ。あっという間に消化剤で炎がなくなっちゃって。炎がなきゃ〝絵〟にならないでしょう？　報道各社もすぐ来たんですけど、みんな、『何だよ、もう煙だけかよ』って文句言ってました。だから、炎が撮れたの、うちだけです」

諏訪が得意げに言い胸を張った。確かに、こういう自分の足で稼いだ特ダネは素晴らしいとは思うが、そんなこと、捜査する側には何の関係もない。それより、こっちは二夜連続の徹夜に当番勤務を終えたばかりだ。今夜からもまた防カメ捜査で徹夜だし、万一、〝別の事件〟が発生した時のためにも、今は少しでも体を休ませておきたい。

内藤は、

「じゃ、おれからは何もないからさ。また今度、何かあったら来てよ」

と、あっさりと諏訪を帰らせようとした。

「まあ、まだ始まったばかりですしね」

諏訪も意外にもあっさりと引き下がろうとしたので内藤が驚くと、諏訪は、タダでは転ばないとばかりに、

「あ、そうだ。結局今、捜査の主眼は国際テロってことで良いんですよね？」

と聞いてきた。

内藤は、それには何も答えず、諏訪に背を向けて官舎の階段を上がりながら、右手を上げてサムズアップをした。そもそも、捜査本部で『国際テロを念頭に捜査』と発表しているのだから、内藤の口から「そうだよ」ぐらい言っても良いところだが、一を許せばいつかは十になる。自分はこの先も、捜査情報は漏らさない。だが、相手が良いネタを持っているという時もある。関係を維持してそういうネタをもらうためには、ある程度のサジェスチョンも必要だ。サムズアップを質問に対する〝イエス〟と見るのか、ただのあいさつと見るのかは記者側の勝手なのだ。

次の日も、また次の日も、内藤たちは防犯カメラ捜査に駆り出された。空港内に二百台近くある顔認証カメラで、何十年も前に爆破テロに関わった疑いがあると噂《うわさ》されたことのあるイスラム系の老人が見つかったとのことで、数千台ある一般の防犯カメラの解析を、また一からやり直せと命じられた。『関わった疑いがあると噂された』など、内藤には、それはただの一般人じゃないのかとしか思えな

かったが、命じられれば仕方ない。それに、ただでさえ空港内の映像だから、イスラム系の老人など無数にいる。県警自慢の見当たり捜査員も相手が日本人ならともかく、外国人の表情の違いなどといったデータの蓄積はないと言っているほどだから、内藤にとっても外国人の顔の区別はやはり難しかった。

本来は足を使った捜査がしたいのに、神経のすり減りと、目の疲労ばかりがたまっていった。県警捜査一課には、誘拐や航空機爆破といった特殊犯を専門に捜査する班はない。だから、県内で発生した凶悪事件は、すべて強行の一班から三班で対応しなければならない。三班しかないから当然、当番は三日に一度回ってきてしまう。十年に一度しか発生しない特殊犯のために専門の班を作る必要はないとの上の判断らしい。車のアクセルやブレーキが少し触っただけで反応すれば、車は必ず事故を起こす。同じように組織にも〝遊び〟は必要だ。たった三つの班を常時張り詰めた状態にしておくというのは、現場の刑事を疲弊させるばかりでなく、捜査も誤らせる。真摯《しんし》に事件に向き合う刑事ほど昇任試験を受けられないというのも問題だった。

本部の仕組みを知る諏訪は、次の内藤の本部での当番日もただ一人、内藤の帰宅を待っていた。航空機爆破という重大事件だというのに、夜討ち朝駆けに来る記者は諏訪一人。他社の記者たちは事件が国際テロなのだからと、専門に捜査する公安の幹部に夜討ち朝駆けを集中させているのだろう。帳場の公安仕切りを知る内藤には、他社の判断は正しいように思えた。

「おう、ご苦労さん。これ、また犯人逮捕まで続けんの？」

内藤は目をショボショボさせながら、今度は自分から諏訪に声を掛けた。捜査の本筋から外され雑用ばかりさせられている現在の境遇を思うと、他社と違って見当違いの一課の自分のところに来る諏訪に、親近感のようなものを感じた。それと同時に、たった一人の諏訪から、〝あくまで県警の華は一課だ〟と言ってもらっているような気もした。

「お疲れさまです。逮捕までじゃないですよ。その後の送検までは、供述も教えてもらわないと」

諏訪も相好を崩して近寄ってきた。当番勤務後の十二時間は、余程の事件が起きない限り呼び出されないのが決まりだ。疲れていた内藤は、この前のような階段入り口での立ち話が辛かったのと、たった今コンビニで買ってきた缶ビールを冷たいうちに一刻も早くのどに流し込みたかったこと、階段前では人目にもつくことから、この日ばかりは珍しく、諏訪を官舎内に招き入れた。

「初めてですね、中に入れてくれたの。あれ、この季節にこたつですか？」

諏訪は、内藤の部屋の中を見回しながら、年間を通してしまったことのない〝万年こたつ〟の前に座った。狭いワンルームの部屋には、他にせんべい布団と小さなテレビが一台、刑事訴訟法やサスペンス小説などの本が数冊あるだけで、仕事を恋人に選んだ万年警部補の悲哀が満ちていた。

警務課からは若い時、再三再四、同年代の若い女性警察官を紹介された。女性問題や金銭トラブルなどを起こさせないため、若い警察官にはいち早く結婚をさせようという県警の伝統なのだが、内藤の時に限ってなぜか、紹介されるたびに県内で殺人事件が発生した。内藤はそのたびに結婚話を断って捜査に傾注した。すると、警務課サイドで、内藤に女性を紹介すると殺人事件が起きると噂になった。このジンクスは三人目の事件で決定的となり、それ以来、内藤に女性警察官が紹介されることはなくなった。

父と同期で、署長として退官した県警の大先輩にかつて言われたことがあった。「お前の親父さん、とにかく仕事に熱くてな。今のお前にそっくりだったよ」。その言葉がずっと胸に刻み込まれていたからだろうか。亡き父の背中を追う内藤には、どうしても結婚をして温かい家庭を持とうという気が起きなかった。

「悪いけど、これだけ呑《の》ませてくれ」

そう言った内藤は、買ってきた缶ビールをプシュッと開け、のどを鳴らしてうまそうに一気に半分以上飲んだ。

「プハーッ、うまい！　涙が出る！」

内藤が久々のビールの余韻に浸っていると、諏訪は、

「あれ、祝杯っすか？　もしかして犯人、目星ついたとか……？」

と、内藤をすぐさま現実に引き戻した。

「いやあ、まだまだ時間かかるよ。事件以来、一杯も呑んでなかったからさ」

内藤は素直に否定した。

「『まだまだ』ってとこ、『もう少し』になってるんじゃないんですか？」

「お？　さすが、言葉のスペシャリスト。実は……っておれも言いたいところだけどさ、まだかなり時間かかるよ。防カメの捜査だけで何台あって、延べ何時間分あると思う？　空港担当なら知ってるだろう？」

「いやいや、いくら空港担当と言っても、空港会社も防犯上の観点から、数千台って規模感しか教えてくれませんよ。でも確かに、数千台が五千台だとして、事件の前後一時間分の映像チェックするとしても……ん？　四百日分以上ですか！」

諏訪がざっと暗算した数字は、実際にかなり近かった。内藤は、諏訪の話から空港会社が台数を記者に明かしてないのだと分かったから、慌《あわ》てて話題を変えた。

「で、諏訪さん。例の現着一番乗りの写真、会社から特ダネ賞とかってもらえたの？」

「あ、はい、一応。大手と違って、うちみたいな零細新聞社じゃ三千円ですけど」

「あんな危険な現場に行って三千円？　それ本当？」

「本当ですよ、ほら」

　諏訪は胸ポケットから、きのうもらったばかりだというのし袋を出した。裏を見ると、確かに、〝金参千圓〟と書かれていた。

「酷い会社だな。諏訪さんぐらいなら今の会社辞めて、大手にでも行った方がいいんじゃないの？」

「いやあ、僕、生まれ育ったこの県が好きなんですよ。大手からの引き抜きも確かにありましたけど、大手に行っても所詮外様《とざま》だから、縁もゆかりもない県に飛ばされるだけだし、そんな知らない県のために命賭《か》けて働けないですから」

「ふうん、さすが地元紙だね。確かに大手の記者だと、自分の手柄のために裏も取らずに〝飛ばし記事〟を書くだけ書くからな。あれ、ホント困るんだよ。それでこっちが文句言おうと思ったら、もうどっかに異動してるんだもんな」

　内藤は愚痴《ぐち》りながら、ビールと一緒に買ってきた柿ピーの袋を開け、一粒食べて諏訪にも勧めた。諏訪が柿ピーに手をつけたので、もう一本あった缶ビールも袋から出して勧めたが、諏訪は車だからと断り、先刻の質問を蒸し返した。

「で、『まだまだ』が『もう少し』になるまで、あとどれぐらいかかりそうですか？」

「それは、おれなんかじゃ分からんよ。もっと上の人間に聞いてくれよ」

「僕もね、別に特ダネが欲しくて来てるんじゃないんですよ。こうしている間にもいつまた、どこかが爆破されるか分からない。県民、いや、県民どころか日本全国が今、恐怖に震え上がってるんですよ。この不安を消すには、犯人逮捕しかありません。そうでしょう？」

諏訪が言葉に熱を込めて言った。確かに正論だが、そもそも秘密主義の公安部の捜査状況がこちらに伝わってくるはずがないので、内藤からは何も答えようがない。

「まあ、こっちも一生懸命やってるよ。要警戒施設にも人員出して、警備も強化してるところだし。じゃ、きょうのところはこの辺で」

内藤が切り上げようとすると、諏訪はまた、

「本筋は依然、国際テロですか？」

と聞いてきた。内藤はイスラム系の老人の話はせず、「そうそう。変わらないよ」と言って、諏訪を玄関まで追い出した。ふと足元を見ると、諏訪は社会部時代と変わらず、自慢のリーガル社製の真新しい革靴を履《は》いていた。

四

一日中机の前に座りパソコンとにらめっこというのは性に合わない。退屈な防犯カメラ捜査に飽きていた内藤は、公安部が自分たちにも情報を漏らさないよう、こっそりと会議をする時間を見計らって、鑑識課の様子を見に行くことにした。

「よう、コジ、調子はどうよ？」

内藤が、課員総出で証拠物件の整理をしていた鑑識課の小島《こじま》に声を掛けた。小島は、内藤が最も信頼する鑑識課員で、内藤が現場のエプロンで拾ったガラス片も、この男に直接手渡していた。

「ああ、内藤さん、ご苦労さまです。いやもう、航空部品の破片を中心に物件が多すぎて多すぎて……。航空機なんかこっちに運べるわけがないんで、空港のハンガー（格納庫）に預かってもらって、毎日ここととハンガーの往復ですよ。防カメも台数がとにかく膨大だし……」

小島は内藤の顔を見るなり、一気に愚痴をこぼした。真っ赤に腫《は》らした目を見れば、事件発生からきょうまでほとんど寝ていないのが分かった。

「おれも防カメの方に回されちゃってるから、よく分かるよ」

「え？　一班にそんなことをやらせてるんですか、弊社は？」

小島が真っ赤な目を丸くしながら、隠語を使って県警のやり方を批判した。

「しょうがねえよ。事件、公安に取られちゃったんだから。で、爆弾の方は何か分かった？」

「あ、はい。デジタル式腕時計のものとみられる文字盤の一部が奇跡的に見つかりました。まだ分析が済んでおりませんが、中東のテロ組織がよく使う電子タイマーと見て良いかと思いますが……」

「……が、何だ？」

「はい、主脚の付着物から火薬の成分が分析できたのですが、検出されたのはトリニトロレゾルシンバリウムとアジ化鉛でした」

「トリニトロ……何だって？」

「レゾルシンバリウムです」

「それってどういう火薬なんだ？」

「昔の銃の雷管の起爆薬です。環境問題の関係で今はあまり使われることはありませんが、比較的入手しやすいので、昔の〝キューリ〟にも使われていたこともあったようです」

「キューリって、昔の学生運動の鉄パイプ爆弾か？　あんなもんで飛行機の翼は折れんだろう」

「それがですね、当該のモスキート航空十二便。これがふざけてるんですが、爆破五時間前の着陸時に右の主脚からランディングして、タイヤをバーストさせてたんですよ。パイロットも分かってたくせに報告しなくて。海外の小さい航空会社なんで整備は本邦航空会社がやるんですが、結局、すぐにバレましてね。当時の昼のニュースでも流れたんですけど、その時に、主脚の付け根部分も少し痛めてたようなんですよ」

「つまり、キューリでも爆破できる状態だったってことか？」

「はい」

「それじゃ、犯人は単なる学生運動の延長のような愉快犯で、飛行機をあそこまで爆破する目的はなかったってこともあり得るじゃねえか」

「その可能性はありますね」

「それでも公安のヤツら、まだ国際テロだって言ってんのかよ。このまま行ったらまずいな。テロはテロでヤツらに捜査させといて、怨恨なり愉快犯なり、もう一回基本に戻っておれたち一課が捜査し直さないと、手遅れになるぞ」

内藤は机を蹴って、捜査本部に戻ろうとしたが、ふと思い出したように振り返り、

「コジ、例の溶けたプラスチックとガラス片は？」

と、内藤が現着時に見つけた証拠品について聞いた。

「ああ、プラスチックは、現場周辺に同じ成分のものがないので爆弾に付随していたものと考えられますが、まだ正直、忙し過ぎてそこまで分析できていません。ガラス片の方は、残った部分の形状から、何かのフレームに付いていたレンズです。眼鏡だとしても、空港の作業員に巻き込まれた人はいませんでしたので、そこに置き忘れた眼鏡だったのか、事件以前にすでに割れて落ちていたのか、ちょっとまだ、何とも言えません」

「眼鏡か……。でもコジ。公安野郎がどう言ってるか知らねえが、やっぱり、現場にあった航空部品以外の異物ってのを最優先に調べた方がいいぞ」

「あ、はい。ですが、いかんせん帳場が『防カメ防カメ』なんで……」

「それは分かるが、このまま行くと、手遅れになるかも知れん」

「そうですね……。私もどこまで時間が作れるか分かりませんが、できる限りのことはしてみます」

「いつも悪いな。頼むぞ」

内藤は小島に礼を言って、ここは直談判しかないと思い、捜査本部ではなく刑事部長の元へと向かった。

「大体さぁ、一人も死んでない国際テロってどうなの？　ホントに国際テロなら、実行犯なんて今ごろ、失敗した責任取らされて粛清されてるんじゃねえの？」

結局、内藤の刑事部長への直談判は実らず、捜査の指揮権は捜査一課に戻らなかった。内藤は、この日もビールを飲みながら、いつものようにただ一人官舎まで取材に来た諏訪に愚痴をこぼした。

「諏訪さんはどう見立てる？　やっぱ犯人は国際テロか？」

「まあ、あれだけ派手な手口ですから、爆弾テロなんでしょうね」

この日はタクシーで来たという諏訪が、自分で買って来たノンアルコールビールを開け、一口飲んだ。

「ゲソ痕（足跡）だって、作業員の靴しか出てねえんだ。作業員に扮《ふん》したテロってのももちろん考えなくちゃならんが、本物の作業員による怨恨の線だって消しちゃいけねえ。最初から一つの方向に進むのは捜査じゃねえ。一つ一つ可能性を消していって、最後に残った一つに向かうってのが捜査なんだよ」

内藤は、もし諏訪が『現場に作業員の足跡』などと記事に書けば読者にバカにされるだけだと分かった上で言った。

「そういうところ、まだつぶせてないんですか、捜査本部は」

諏訪も当然、せっかく聞いても書くことのできない作業員の足跡などには関心を寄せていない。

「諏訪さんさぁ。じゃあ、一つ教えてあげるよ。あの十二便、事件当日の朝、バーストしてたでしょ、諏訪さんも取材に行ったと思うけど」

「あ、はい。早朝に叩き起こされて、写真撮りに行きましたよ」

諏訪が、一つ教えるとの内藤の言葉に目を輝かせながら言った。

「あれと関連付けて書いてくれよ」

「どういうことですか?」

「だから、あの事故がなければ、あんな翼が折れるような派手なことにはならなかったんじゃないかって。どっかの大学の航空専門の教授にでも話聞いてさ」

「それはできそうですけど、それを載せても果たして意味があるとは……」

「だから、『犯人は、バーストしたタイヤを燃やすことが狙いだったとみられる』とかってやってもらってさ、見出しで『愉快犯の可能性も』とかやってよ」

内藤は、諏訪に記事を書いてもらい、報道の力で捜査方針を国際テロから転換するよう迫ってくれと頼んだ。

「できませんよ、そんなこと。三流週刊誌じゃあるまいし。何か証拠をくれるならともかく、そんなの、ただの憶測記事じゃないですか」

「やっぱダメか。まあ、そうだよな」

「そうですよ。何か書いてくれってんなら、確たる証拠をくださいよ、証拠を。そうすりゃ、僕だって何とかして書きますから」

証拠が欲しいのは内藤も同じだった。そもそも、捜査情報を話す気がなかった内藤は、無理やり、

「そんじゃま、また暇だったら、おれの愚痴に付き合ってよ」

と言って話を打ち切り、「もう帰れ」とばかりに缶ビールを差し出して乾杯を求めた。諏訪もまだかなり中身が残る缶を渋々と合わせた。生活感のある家具など何もない殺風景な内藤の部屋に、二人の缶と缶を合わせる鈍い音が響いた。

五

モスキート航空機爆破から十日が経ったころ、政府は閉鎖したままの空港の再開に向けた議論を始めた。

滑走路自体に損傷はなく、ターミナル内にも他に一切の爆発物は見つかっていないのであれば、航空機を飛ばすべきだとの世論が徐々に出始めたからだったが、実際には、あの爆破行為がモスキート

航空単体を狙ったものか、空港を標的としたものか、はたまた日本政府へのテロ行為だったのかといった正確な判断ができていない。〝国際テロの可能性が高い〟という日本の中途半端な判断を良しとする外国航空会社はなく、本邦航空会社以外の国際線は、すべてが日本からの一時撤退を決めていた。

一部には『ひと月後にも空港再開か』との報道が出始め、その直後、有力大手紙がはっきりと二十日後と報じた。この報道を境に、捜査本部のある空港署の電話は、「早く犯人を逮捕しろ」との国民からの苦情でパンクした。捜査員は県警本部長にエスコートされ視察に来た警察庁長官に活を入れられ、県警本部長は本部捜査員はじめ空港署、地元の柴田署、空港警備隊を総動員し、五百人体制の捜査本部に再編された。捜査方針も国際テロ一辺倒から、『国際テロを軸にあらゆる方向性について捜査せよ』と変更され、県警本部長は、報道された空港再開日までの残り二十日以内に、絶対に犯人を検挙せよとの〝勅命《ちょくめい》〟を下した。

猟場に出ない猟犬はただの飼い犬だ。捜査の指揮権は依然、捜査一課に戻って来なかったが、捜査本部のある空港署は空港の中にある。公安の命令よりも本部長の勅命。内藤は防カメ捜査を後輩の高橋に押し付け、まずはモスキート航空への怨恨の線から攻めてみようと動き出した。

空港内のターミナルに行くと、航空機が飛ばない出発ロビーは当然のように閑散としていた。空港が閉鎖中でも、安全上の問題から照明や空調は稼働していて、人っ子一人いない広大なロビーを、自動運転の警備ロボットが、ロボット掃除機のようにあちこちを動き回っていた。不審物を発見したらロボットアームで除去するとの話だが、今回の事件では何の活躍もなく、当然、搭載されたカメラにも不審な人や物は一切映っていなかった。

一つしかないモスキート航空のカウンターも閉じていて無人だったので、内藤は事務エリアに行った。外国航空会社の日本支店というのは初めてだ。内藤は英語が話せないことに少し気後れしたが、まあここは日本だし、何とかなるだろうと思った。

一般旅客の入れない事務エリアに入ると、いわゆる会社の事務室のような、似たような扉が廊下にずらっと並んでいた。エレベーター横の案内板でモスキート航空の日本支店を探し、その扉の前に立った。閉じられた扉には、『Ｍｏｓｑｕｉｔｏ　Ａｉｒ』と印刷された紙がセロファンテープで貼ってあった。部屋の中から、何か英語で話しているような人の声が聞こえた。

――うわ、やっぱ英語だ。若い高橋を連れてくりゃあ良かったかな……。

そうも思ったが、内藤はせっかく来たんだし、当たって砕けろだと、扉をノックした。英語は続いているが、ノックに対しては何の反応もなかった。もう一度ノックしたが反応は同じ。確か、国によってノックの仕方に違いがあると聞いたことがあるような気もするが、そもそも、モスキート航空がどの国の会社なのかが分からないし、肝心なノックの違いというのもまったく知らない。

仕方がないのでしばらく待っていると、中で英語が終わり、扉が開いた。

「はい、お待たせしました」

――良かった、たどたどしいけど日本語だ……。

内藤は少し安心して出て来た男の顔を見ると、彫りは深いがどこか日本人的だ。内藤が日本語で名乗ると、男が中に案内してくれた。

「すいません、電話してました。私、エリック・熊言います。クマと書いてユウです」

そう言ってエリックが自分の名刺を出した。名刺には、『モスキート航空日本支社長』とあった。

「ここは、日本支社ですが、私、一人しかいません」

内藤が部屋を見渡すと、十畳ほどの部屋に事務机と応接セットがあるだけで、他に人はいなかった。支店ではなく支社だというが、あまりにも安っぽくてみすぼらしく、内藤には振り込め詐欺の犯人グループのアジトか詐欺師集団の偽装会社のようにしか見えなかった。

「外国の航空会社って、どこもこんな感じなんですか？」

内藤が聞くと、エリックは、

「すいません、私たち、まだ先月就航したばかりです。分かりません」

と、申し訳なさそうに頭を下げた。

「そうですか。それで、今回の事件についてなんですけど。これまでに何か、心当たりはありませんでしたか？」

「心当たり？　すいません、心当たり、分かりません。私、日系三世で、日本語は、あんまり……」

『だから英語で話しましょう』と言われるのを恐れた内藤は、すかさず、

「あ、エリックさん。私、ゆっくり言います。あなたは、犯人を、知ってますか？」

と、いかにも日本語の教科書に書いてありそうな感じで聞いてみた。

「犯人は、知りません」

「そうですか。これまでに、お客さんと、トラブルになったことは、ありますか？」

するとエリックは、

「トラブル、大変です。ずっと、お客さんから、電話来ます。帰れない、帰れないって」

と、今抱えている不満を口にした。確かに、日本に到着した飛行機が爆破されてしまったのだから、その機体で帰る予定だった旅客からの苦情は凄いのだろう。先刻の英語も、苦情の電話対応だったのかも知れない。

「あ、エリックさん。それ、帰りの飛行機が爆破されてなくなっちゃったからってことですよね？　トラブルってのは、今じゃなくて、前に。事件の、前に、トラブルは、ありませんでしたか？」

「前に、ですか？　私たち、先月、初就航しました。ケイマンから、日本来て、ケイマン帰る。爆破された、二回目です」

「え？　前にも爆破されたんですか？」

「爆破されたの、初めてです」

「……ええと。ああ、分かった。ケイマン、日本、ケイマン、日本でボカン！　ですか？」

内藤は、机の上にあったモデルプレーンを、ケイマン諸島と日本を往復させるように動かしながら聞いた。つまり、初就航からわずか二往復目の途中、日本に着いた時に事件に遭ったと言いたいのだろう。

「そうです。だから、初便も、今回、日本来る時も、トラブル、ありませんでした」

すると、デスクの上の電話が鳴った。「すいません」と言って電話に出たエリックは、流ちょうにイギリス英語で対応していた。何を話しているのかは内藤にはまったく分からなかったが、所々に「ソーリー、ソーリー」と聞こえた。きっと事件から毎日、一日中電話で謝っているのだろう。そんなエリックに対し、英語の話せない自分が無理やり日本語を使わせてしまっていることに、何だか申し訳ないような気がした。

エリックは本当に何も知らない、完全な被害者だろう。そう思った内藤は、電話を終えたエリックと少し話した後、エリックの部屋を出て、同じフロアに横並びとなっている他の航空会社数社にも聞き込みをした。すると、どうやらモスキート航空はケイマン諸島内を航空機一機で航行する小さなファミリー企業で、たまたま二機目が払い下げで安く手に入り、さらにたまたまエリックが日本語を話せたから、初の国際線の就航先を日本に選んだのだということが分かった。会社としての規模が小さい上に歴史も浅く、モスキート航空の日本線就航によるシェア争いなどという大げさな話にもまったくなっていないのだという。

モスキート航空に対する怨恨やトラブルの線が消せるとすれば、航空会社は無差別に狙われたと考えることができる。内藤はそう考えたが、それ以前に、内藤が今回聞き込みをした航空各社に対し、他の捜査員がまだ聞き込みをしていなかったことも判明した。いくら専門ではないとはいえ、公安の捜査がここまでかたよっていたとは。内藤は憤《いきどお》ったが、気を改めて、モスキート航空に着陸料の支払いに関して遅延などがなかったかを確認するため、今度は空港会社へと向かった。

六

〈せ……、ちょ……、ま……〉

携帯電話の向こうで、けたたましいセミの声が高橋の声をかき消した。高橋は屋外で電話に出たらしく、こちらの声は聞こえているようだったので、内藤は高橋に一旦、車に戻って掛け直すよう指示した。

公安部と特別テロ対策班以外の捜査員は、犯人が空港に侵入した痕跡や不審車両の目撃情報を洗い出すよう、捜査本部に命じられていた。内藤たちはギラつく太陽の下、連日聞き込みをした。九月も半ばだというのに、空港周辺の気温は連日三十五度を超え、一時間も聞き込みをすると倒れそうになった。そんな中で必死に手掛かりを探したが、どこをどう探しても、そんな痕跡どころか、爆弾を運んできたであろう不審車両すら見つからなかった。

〈先輩、先刻はすいませんでした。ちょうど雑木林の中の集落で。ここ、セミがうるさ過ぎて、住人の声も聞こえないんすよ。何匹いるんすかね、ここ？〉

車の中から掛け直した高橋の声が、たった今、大声で電話をしたからだろう、普段より大きくなっていた。

「夏にセミが鳴くのは当たり前。田舎はそういうもんだ。で、どうだ？　収穫はあったか？　もう、事件からひと月経っちまってるし、良いネタなんて拾えねえだろう？」

犯人の目星も依然立っていない中、空港は政府の方針に従い、あす、運用が再開されることが決まっていた。

〈そうっすね。この辺、普段ならたまに、航空ファンが離陸する飛行機の写真を撮りに来ることがあるらしいんですけど、今は飛行機飛んでないっすからね。爆破の当日にいたファンが分かれば、不審な車を見たかって聞けるんですが、飛行機が飛ばない空港なんかに来るファンなんていませんよ〉

「だよな。よし、もう帳場に帰ろう。どうせ今夜の会議でも、地取り班で報告できるヤツはいねえよ。団結小屋んとこにいるから、迎えに来てくれ」

内藤はそう言って電話を切ると、目の前にある古ぼけた二階建ての家屋を仰ぎ見た。

滑走路脇の稲荷山地区にあるこの家屋は団結小屋と呼ばれ、空港反対派が『現地闘争本部』として、反対闘争の拠点としてきた。四方をジュラルミンの高い壁に囲まれ、四隅には鉄パイプで櫓《やぐら》が組まれている。入り口から見える建物は普通の農家を改装したような建物で、周囲を建設中の足場のようなものがぐるりと囲んでいた。すでに過激派の姿はなく、ひっそりとしていて中に人がいるようには見えないが、県警は事件直後から、念のため機動隊を周囲に常駐させて警戒していた。過激派の捜査は公安部の本領だが、捜査本部ではいまだ、この団結小屋の強制捜査には踏み切っていないので、内藤も立ち入ることができない。

程なくして、高橋の車が到着した。

「これが団結小屋ですか。警察学校でやりましたが、実物見るのは初めてですよ」

車を降りて内藤に軽く頭を下げた高橋は、目の前の建造物を見て目を丸くした。

「凄いだろ？　もう四十年以上経過してるからな」

「僕の生まれる全然前に建てられたんすもんね。僕から見たら、ほとんど遺跡っすよ」

「バカ。遺跡なんて言うな。まだ地裁で強制収容の執行停止裁判やってるだろう。係争中のバリバリ現役物件だし、反対派はまだ、厳として存在してるんだ。ちょっと来い」

そう言った内藤は、高橋の腕を引いてすぐ近くの十字路まで歩き出した。

「タカタカよ。お前も警察学校で学んだんなら知ってるだろう、稲荷山事件。ここでおれたちの仲間、警察官が殺されたんだ」

十字路に着くと、そこには小さな慰霊碑があった。

高橋の顔が、一瞬で神妙になった。内藤はこれまで、その殺された警察官が自分の父親だったことを、高橋に明かしていなかった。それは、今もこの先も、高橋に明かすことはないだろうと思っていた。私情は捜査の目を曇らせる。高橋を自分の闇《やみ》に巻き込んではならない。高橋には公正な捜査を学び、結果を残し、しかるべき時に試験を受けて昇進する、そんな光の道を歩んでほしい。自分のように、過去にとらわれ、現場から離れられなくなってはいけない。

内藤は、持ってきた木槿《むくげ》の切り花を慰霊碑に献花した。木槿は父が好きな花だった。事件の早期解決を願って静かに手を合わせると、若い高橋も隣で同じように手を合わせた。

「木槿の花言葉は『信念』だ。高橋。お前がこの先、どんな現場に立ったとしても、正義を貫き殉職していった先人たちの信念を忘れるな」

「はい。肝に銘じます」

高橋はそう言うと、まさに事件現場となった交差点の中央付近に向かって敬礼した。内藤も若い高橋にならうように、亡き父に向け敬礼をした。

七

一夜明けた午前六時。一番機の離陸とともに、柴田町の空に旅客機のエンジン音が戻った。モスキート航空機爆破事件は未解決のままだったが、政府は予定通り、空港の運用を再開した。ただ、空港が再開されたとはいえ、実際に路線を飛ぶのは本邦航空会社と一部の中国便のみ。ほとんどの外国航空会社は千秋国際空港から一時撤退の継続を決め、この日から順番を待って、今まで千秋国際空港から動かせなかった機体を他の空港へと移動させ始めた。

空港内に再開を祝うムードはなかった。警戒レベルは最大に設定されたままで、空港を取り囲むように機動隊が配置された。ターミナル内も、制服姿の警察官で隙《すき》なく警戒した。空港のノンストップゲート化に伴い廃止されていた空港検問所も復活し、空港内に立ち入るすべての旅客は、身分証や手荷物などを細かくチェックされた。

この日のマスコミの数は凄まじく、テレビや新聞、航空専門誌などの国内メディア、海外メディアの在日特派員など三百人を超える記者が集まり、午前六時の一番機の離陸から警戒の様子、不安を訴える旅客の声などを取材していた。

「あ、先輩！　あの記者、あんなとこまで入って撮ってますよ！」

空港会社の監視センターで、高橋がモニターを指差した。空港再開初日の警戒要員に回されていた内藤たちは、捜査本部に防犯カメラのモニター越しの警戒を命じられていた。内藤が高橋の指の先のモニターを観ると、巨大な航空機の下で忙しく働く作業員に交じって、その様子にスチールカメラを向ける腕章をした取材記者の姿が確認できた。

「いくら『取材の自由』っつっても、一番機はもうとっくに飛んでったし、あんなの撮影する意味あるのかね」

気になって他のモニターにも目をやると、そこかしこに腕章をした取材記者の姿があった。

「真田《さなだ》さん、腕章に赤と青があるけど、あの色の違いって何かあるんですか？」

内藤が、モニターを操作していた真田という空港会社の社員に聞いた。

「はい。あの赤い腕章は、常駐記者です。青い方は非常駐記者。一時的に取材を許可された記者ですね」

「常駐っていうと、空港内に常にいる記者ってことですよね？」

「はい。何か遭った時にすぐに現場に行けるよう、常駐記者にはあらゆる場所の立ち入りが許されたIDカードを発行しています。さすがに滑走路は無理ですけど、ああやってエプロン上や制限エリア、整備地区にも自由に立ち入れるんです」

真田も、先刻高橋が指摘したモニターを指差した。確かに、そこに映っている記者は赤い腕章をしていた。

「あんなにどこでも取材を許しといて、今まで事故とかってなかったんですか？」

「うーん……。その辺は広報に聞いてもらわないと正確には分かりませんが、あんまり取材での事故ってのは聞いたことがありませんね。まあ、常駐になるためにはかなり厳格な審査があるらしいですので」

「なるほどね」

「ただほら、今のあの記者みたいに、あんな写真、絶対に報道に使わないだろってのは、こっちも結構気付きますよ。内藤さんも先刻言われたみたいに、あんな一番機でも何でもない機体の荷物の積み込み風景なんて、報道で使うわけないじゃないですか？」

「まあ、そうですね」

「ああいうのって大抵、航空マニアらしいんですよ」

　真田が顔をしかめた。

「マニア？　マニアにどこでも立ち入らせちゃまずいでしょう」

「マニアが記者になっちゃってるとどうしようもないんですよ。こっちもマニアにＩＤ発行してるわけじゃなくて、記者に発行してるわけですし、発行時の厳格な審査で『あなたは航空マニアですか？』なんて聞けるわけがありませんから。特にコイツですよ、コイツ。毎毎の記者なんですけど、平時でもいつもエプロンをうろうろして写真撮りまくるんです。保安上問題ないか、毎回毎回確認させられるこっちの身にもなってもらいたいですよ」

　日々、このセンターでモニター監視を続けてきた真田には、かなり不満が溜まっているようで、先刻のモニターに向かって口角泡を飛ばした。内藤は、その常駐記者の中で唯一顔を知っている諏訪の姿を探してみたが、無数にあるモニターから見つけることなど、できるはずがなかった。

「まあ何にせよ、きょう一日、何も起こらなきゃ良いですね」

そう言って真田の肩をポンと叩いた内藤は、監視センター後方に用意されたパイプいすに戻って腰掛けた。

空港の隅から隅まで警察官はじめ民間警備員、さらには日本中から集まったマスコミの目が張り巡らされている。この状況で第二の爆弾テロなど起こせるはずはない。きょうという日が、世界中のどこかのテロ組織にとって宗教的に意味がある日ではないとの確認も取れているし、その上できょうを再開の日に選んだのはテロ組織側ではなく日本政府側だ。モニター監視自体も自分が何台かを受け持つわけではなく、信頼できる空港会社のベテラン社員が目を光らせていて、異状があった時にだけ知らせてくれることになっていた。

昼食の弁当を食べると、さすがの内藤もあまりにも退屈な任務にうとうととし始めた。何とか頑張って目を開いていたが、ついにまぶたが落ちかけたところ、突然、監視を続けていた社員たちがわあっと騒いだかと思うと、監視室内にけたたましい警報音が鳴り響いた。

「真田さん、どうしました⁉」

内藤がパイプいすを蹴っ飛ばし、真田の元へ駆け寄った。

「八十三番スポットで爆発です！」

「八十三番⁉　まさか前回の隣のスポットか⁉」

内藤は急いで八十三番スポットを映したモニターを探した。モニターには北方中国航空機が映し出され、主脚部分から黒煙が上がっていた。どうやらタイヤだけが燃えているようで、主脚はどうにか翼を支えていた。

「真田さん、けが人は⁉　前後に不審な人物は映ってなかった⁉」

「けが人はモニターでは分かりませんが……。おい、サテライト担当！　爆発の前後に不審者は見なかったか？」

真田に聞かれた八十三番スポットを含むサテライト担当の社員は、

「いえ。今朝の一番機から今まで、八十三番スポットで地上作業員とマスコミ以外、不審者は確認していません」

と、簡潔に答えた。それを聞いた内藤は真田に、

「北方中国航空ってとこもやっぱり、整備士は自前じゃなくて本邦航空会社だよね？」

と確認した。

「ええ、そうです。小さい会社ですので。前回のモスキート航空と同じです」

「マスコミは……、やっぱり、前回事件のあった隣の八十二番スポットを撮影してたんですかね？」

「だと思いますが。おい、サテライト！　マスコミは朝から何人ぐらい確認した？」

するとサテライト担当は、

「人数は正確には映像を分析しないと分かりませんが、朝からだと、おそらく百人以上かと」

と答えた。

「百人以上⁉　何でそんなに⁉」

二度目の爆破がなければ、マスコミがきょうの被写体に狙うのは一番機の離陸と空港の厳戒態勢だったはずだ。驚いた内藤が真田に聞くと、

「前回の事件後、サテライト全体を現場保存のため閉鎖し、マスコミも含め一切の立ち入りを禁止していました。当該八十二番スポットだけは当然、きょうも閉鎖してますが、両隣のスポットは再開しました。なので、マスコミにとって、きょうが事件後初めて、前回の現場、八十二番スポットを撮影できるチャンスだったからじゃないかと……」

と話した。聞けばなるほど、確かに空港が再開されても、いまだ閉鎖されたままの前回の事件現場という〝絵〟は報道する意味がありそうだ。マスコミが前回の爆破の痕跡を撮影したいと考えるのもうなずける。

「真田さん！　あの北方中国航空が八十三番スポットに駐機してから爆破されるまでの映像、最優先

で県警に提供してください！　おい、タカタカ！　現場行くぞ！」

高橋を連れて監視室を出ようとした内藤は、慌てて振り返り、真田に、

「あ、そうだ。ここから現場まで、大体何キロぐらい？」

と聞いた。

「直線なら一・五キロぐらいですが、走るとなるとその倍ぐらいかと……」

内藤は「了解！」と言ってネクタイを緩《ゆる》め、捜査車両を捜査本部に置いてきてしまったことを後悔しながら部屋を飛び出した。

空港内は前日から、空港職員だけでなく県警も協力して、それこそ隅から隅まで点検して不審物がないことを確認したばかりだった。

——犯人の野郎、この厳戒態勢の中、一体どうやって爆弾を持ち込みやがった……。

内藤は走りながら、まるで魔法のように空港内に爆弾を持ち込んだ犯人への恐れを抱いた。

空港会社の本社ビルを出た内藤は、前回の事件で使った本社ビル脇のゲートを見た。現場までは間違いなく、ここから入ってエプロン上を走った方が早い。だが、きょうはターミナル内に一般の旅客がいる。もしも爆弾を仕掛けた犯人がいるとすれば、目立つエプロンは避けて、混乱する一般の旅客

にまぎれてターミナル内を逃げるはずだ。

「よし、中から行くぞ」

内藤は高橋に告げて、外に向かって逃げてくる大勢の旅客の人の波に逆らうように、ターミナルの中へと向かった。

ターミナル内は、まさに地獄絵図だった。数万人の悲鳴と怒声が警報音と避難を呼び掛ける機械アナウンスをかき消した。航空会社の地上係員がマニュアルに沿って、あちこちで避難ルートを示すプラカードを掲げて声を枯らしたが、混乱する旅客は聞く耳を持たず、われ先にとターミナルの出口へと殺到した。

「警察だ！　道を開けろ！」

内藤たちがいくら必死に叫んでも、死に物狂いで逃げようとする人が道を開くわけがない。このままでは現着が遅れる。何とか人の波を泳いでどこかの航空会社の出発カウンターにたどり着いた内藤は、そこにいた地上係員の女性を捕まえた。

「警察です、現場に行きたいんですが、何か良いルートは？」

「現場ですか？　では、私が案内します」

女性について行くと、出国審査場の従業員用入り口を通過し、制限エリアに入った。無数の香水や化粧品が混ざり合った、免税店特有のにおいが鼻をついた。制限エリア内も、出発ロビーほどではないにしろかなりの旅客がいて、入ってきたばかりの出国審査場を逆流させて外に出させろと騒いでいた。

「こっちです」

女性に言われた先には、乗り継ぎ用だろうか、手荷物検査場があった。今いるのは、航空機に乗る旅客が搭乗口に向かう出発用のフロアだったので、内藤たちは手荷物検査場を逆流して一つ上のフロアに上がった。

「刑事さん、こちらは到着動線です。お客さまはいらっしゃらないはずです」

「到着ってえと、飛行機に乗る客用じゃなくて降りた客用ってことか」

「はい。ですので、一気に行けると思います。ここをまっすぐ行くと、現場のサテライトに通じるもの凄く長い廊下がありますから、そこを行ってください。私はまたすぐ、お客さまのご案内に戻ります」

「ありがとう。よしタカタカ、行くぞ」

礼を言って女性と別れ、内藤たちは走った。動線を逆走しているので当然だが、どこにも案内板がなくて分かりづらい。女性を信じて走り続けると、サテライトに続く長い廊下の入り口にたどり着いた。先を見ると、霞んで見えないほどだった。動く歩道が完備されているが、当然、サテライトの方からターミナルに向かって動いているので使えない。ここまででもすでに走りっ放しで、毛穴という毛穴から汗が吹き出していた。一瞬、「はあっ」と息を吐いて整えた内藤は、霞んだ先に向け、再び走り出した。

「はあっ、はあっ。先輩、先輩。ちょっとストップ、ストップ。電話鳴ってます」

やっと長い廊下の半分を過ぎた時、後ろから高橋が呼び止めた。

「ふうっ、ふうっ。何、電話?」

走っていて気付かなかったが、内藤がポケットから携帯電話を取り出すと、武藤班長からの着信だった。

「ふうっ……、ふうっ……。はい、内藤」

内藤は息を整えて電話に出た。

〈内藤、空港はもういい〉

いつもより早口な武藤班長の声に、緊急性が感じられた。

「はい?」

〈馬場が殺された。空港はいいから、お前はそっちに行ってくれ。そこはどうせ、テロ特の事件だし、他の捜査員も無数にいるだろう〉

柴田町の馬場町長が殺された……？

走って酸欠状態だった内藤の頭は理解が追い付かず混乱した。一瞬、亡き父の顔が浮かんだような気がしたが、すぐに現実に戻った。

「殺されたって、どうやって……」

〈公用車ごと爆破されたらしい。本部から当番の二班が今向かったが、お前のとこからなら十分で現着できるだろう〉

「十分ったって、空港出るだけで三十分はかかりますよ」

〈つべこべ言うな。とにかく二班に事件を取られるわけにはいかん。何が何でも先に着いて主導権を握れ。いいな？〉

武藤班長はそう言って、一方的に電話を切った。

「……タカタカ、車に戻るぞ」

「はい？　あともうちょっとで現場っすよ？」

高橋が言うのももっともだ。あと二、三分走って爆破現場を少しでも見ておいた方が、後々良いようにも思える。だが、刑事の勘としか言いようがないが、内藤には監視室のモニターで観た感じでも、北方中国航空機爆破では死者は出ていないような印象があった。

二つの爆破事件がほぼ同時間帯にあったのだとすれば、関連がないはずがない。空港は陽動で、犯人の真の狙いは町長だったという見方もできる。いや、そう考える方が自然だ。ならば、一刻も早く殺しの現場に行くべきだ。被害者は父の仇の馬場だ。この事件だけは、絶対に二班に持って行かれるわけにはいかない。

「命令だ。急ぐぞ」

「命令って、まさかまた、防カメっすか?」

「違う。今度は本物の殺しだ。こっちは恐らく陽動だ、きっと誰も死んじゃいない」

内藤と高橋は、今度は動く歩道の上を走って、来たばかりの道を全力で戻った。

武藤班長の電話から三十分後、内藤たちは何とか馬場町長殺害現場周辺にたどり着いた。現場から最も近い交差点にはすでに規制線が張られていて、内藤は、まさかもう二班が到着したのかと思いドキリとした。立っていた駐在所員に聞くと、現場はおよそ五百メートル先の畑に囲まれた県道上で、二班はまだ到着しておらず、駐在所で消防と協力して大急ぎで規制線を張ったと分かり、少しホッとした。通報者は畑で農作業をしていた農民だった。

消防による消火作業はすでに終わっていた。馬場町長の黒塗りの高級車は真っ黒に焼け焦げ、すでにフレームだけになっていた。航空機の消火作業と違い特殊な消化剤のタンパク臭はしないが、燃料に引火したのだろう、とにかくガソリン臭く、これではにおいによる火薬の判別は難しそうだった。

「運転席に焼死体が一体。付近を半径五十メートルで捜索しましたが、他に負傷者は確認できておりません」

消防隊員の報告を受け、内藤は現場保存のため、すぐに現場周辺にブルーシートを張るよう指示した。高橋はその間、チラと運転席をのぞき込み、突然、畑に走って吐いた。それを見た内藤も確認すると、運転席に性別も分からないほど焼けただれた焼死体があった。内藤には何度も経験があったが、焼死体を初めて見た高橋が吐いてしまうのも無理はなかった。

――馬場が死んだ。因果応報……。

内藤の頭にそんな言葉が浮かんだ。十メートル先に吹き飛んだナンバープレートだけでも、これが町長の公用車で、焼死体が馬場であることは明らかだが、まだ確定ではない。現段階ではまだ、身元不明死体だ。内藤はそう自分に言い聞かせ、いつもやるように遺体に手を合わせた。

この後の鑑識作業で車体ナンバーや溶けた携帯電話も見つかるだろう。政治家であれば歯の手入れは万全だから、身元は歯型で一発だ。それは分かっていたが、内藤は鑑識が来る前に、この焼死体が馬場であることを現場で確定させたかった。

慎重に車内を見ると、シートのクッション部分やダッシュボードなど可燃性の部分はすべて燃え尽きていて、煤《すす》で真っ黒になった金属製部品があるだけだった。焼死体の横に、はまった状態になっているシートベルトのバックル部分があった。被害者は慌てていてシートベルトを外せなかったのかも知れない。焼死体自体はベルトをしたままもがいたのだろう、運転席のドア側に体を向けているように見えた。焼死体の左胸と思われる部分を見た。明らかに周囲と違う金属質のものがあった。煤で真っ黒だったが、凹凸《おうとつ》で〝柴〟を丸で囲ったデザインが確認できた。間違いない。町長室で見た金ピカの町長バッジだった。

八

「明朝六時、反対派幹部宅、団結小屋、全共総連本部の一斉捜索を行う」

この日の捜査本部会議で、坂口刑事部長が宣言した。

捜査本部は、国際テロ組織が狙うはずもない〝いち町長〟が殺害されたこと、馬場町長殺害現場から見つかった爆弾が、かつて〝キューリ〟と呼ばれた鉄パイプ爆弾に近い構造で作られた可能性が高かったこと、そのキューリの火薬成分が、二件の航空機爆破事件で使用された火薬と一致したことを理由に、空港に反対する過激派組織による犯行と断定し勝負に出た。過激派組織の情報はすべて公安部が握っている。当然、捜査の指揮権は捜査一課に戻って来る事はなく、毎度現場に一番乗りしてきた内藤と高橋にとっては、憤まんやる方ない決定だった。しかも、これまでずっと海外の国際テロ組織に固執し続けてきた捜査本部のこの方針転換は、あまりにも遅すぎる。公安の初動捜査の遅れが、今回の第二のテロを生んだと言っても過言ではない。

ここで机を蹴って、坂口刑事部長に噛みつくのは簡単だ。だが、それは違う。自分は生涯現場を選んだ猟犬だ。捜査本部の上座に座り、猟犬を従えて狩りに出る主人ではない。主人が鹿を獲れと言えば鹿を獲るし、ネズミを獲れと言えばネズミを獲らなければならないのだ。内藤はそう自分に言い聞かせて感情を押さえ込んだが、それでもやはり、坂口刑事部長の隣に座る木村一課長をにらみつけないわけにはいかなかった。「一課に仕切らせろ」。念を込めた内藤の視線に気付いた木村一課長は、腕を組んだまま目を閉じ、黙って天を仰いだ。

その日の深夜、日付が変わる頃にようやく内藤が官舎へ戻ると、千秋新聞の記者、諏訪が、集合ポストの前でたばこを吸って待っていた。

「あれ、諏訪さん? まさか毎日待ってんの? おれきょう、本当はここ戻る予定じゃなかったのに」

内藤は明朝の一斉家宅捜索で、団結小屋から証拠品の入った段ボールの運び出し要員を命じられていた。象徴的な場所への歴史的ガサ入れは、県警の捜査力をアピールする格好の場でもある。多くのマスコミに撮影されるので、内藤はそのためのスーツを取りに来ただけで、すぐにとんぼ返りして空港署の道場で仮眠を取る予定だった。

「まさか。いくら記者は待つのが仕事と言っても、毎日待つほど暇じゃないっすよ。いやね、広報官からあすの一斉ガサの話がありまして、それなら皆さん、勝負服を取りに帰るんじゃないかって思いましてね」

諏訪がたばこを携帯灰皿でもみ消しながら言った。

「ほう、そりゃあさすがだな。で、広報官って言ったけど、やっぱりあす、広報の仕切りで団結小屋に花道作って、大撮影会か？」

内藤は諏訪の勘の鋭さに感心しながら、広報によるマスコミへの事前レクがあったことなど知らないふりを装った。

「はい。先刻、県警本部でレクがありまして。広報では最初、東京の全共総連本部と団結小屋の二カ所に花道作るって言ってたんですけど、報道各社もこのご時世で人が出せないから象徴的な方の一カ所だけでいいってなりまして。だから私もあす、団結小屋に撮影に行きます」

「ふうん。諏訪さん行くんならどうせバレちゃうから言っちゃうけど、おれも団結小屋要員なんだよ。おれみたいなおっさんより若い方が絵になるんだからさ、諏訪さん、おれ見つけても撮らないで、若いヤツら撮ってやってよ?」

内藤が笑って言うと、笑顔で応えた諏訪は、

「で、内藤さん。広報官からガサの場所は全部聞いてるんですけど、一斉ガサやるからには本ボシはやっぱり、空港反対派ってことで良いんですよね?」

と聞いてきた。

「広報官からレクされたんなら、まあ誰でもそう考えるわな。でもまあ、証拠を集めるためにガサするわけだし、本ボシはまだ分からんよ。きょうのところは、『きょう団結小屋を捜索』ってだけ書いとけばいいじゃん? 間違いじゃないんだし」

「それがあの広報官、あんだけ説明しておきながら、『きょう捜索』って記事は書くなって言うんですよ。事前にガサを告知しちゃったら、要らぬ過激派を集結させちゃうからって。うちは地元紙だし、地元に火種を作る記事は書けませんけど、どこかの社は多分、そう書いちゃうと思いますよ」

「まあ、そうだろうな」

「だからほら、うちは書かないんで、代わりに本ボシを教えてくださいよ。他社が『きょう捜索』っ

て書いてるのに、うちだけ何も書かないわけにはいかないでしょう」

「そんなマスコミの都合を言われたって、おれは知らんよ」

「ズバリ本ボシの名前を教えてくれってんじゃないんです。どうせ逮捕前じゃ名前なんて出せないんだから。じゃあ、今回のガサの根拠を教えてくださいよ。根拠さえあれば、『きょう捜索』って書かなくても、『反対派が関与か』みたいな感じで書けますから」

「根拠ったってそんなもの、広報で説明したんだろ？　広報官は何て言ってたのよ？」

「あの人、話になりませんよ。三つの事件、モスキート航空機爆破と北方中国航空機爆破、馬場町長車両爆破ですね、『三つの事件を総合的に捜査した結果』。これだけですよ。反対派の〝は〟の字もなし。三つの事件を調べて何が分かったんだっていくら聞いても、上からもらったアンチョコに書いてある通りなんでしょうね、『三つの事件を総合的に捜査した結果』ってオウムみたいに繰り返すだけで。某A社なんか、『そんな理由じゃ、ガサが適正なのかどうかが検証できない』って抗議文出す勢いでしたから」

　諏訪はレクを聞いてきたばかりだからか、その様子を広報官、某A社記者のモノマネを交え、生々しく語った。

「ふうん。そんじゃあ、おれからもそれ以上のことは言えないよ。いいじゃん、『三つの事件の関連性を調べたところ、反対派が関与した疑いが強まった』とか適当に憶測で書いとけば。ガサなんて、疑いが強まったからガサするわけだし、ガサで疑いがさらに強まることもあれば、逆に疑いが晴れることだってあるだろ？　そういうもんだよ、ガサってのは」

「憶測記事なんて書けるわけないじゃないですか。大体、ハズレもあるのがガサだなんて正論言ったら、われわれマスコミは今後、警察の活動を何も書けなくなりますよ？　日本の司法の有罪率が九九パーセントだから、警察が逮捕した段階で推定無罪が原則の容疑者を実名で報道できるんです。ガサだって九九パーセント有罪とは言わないまでも、世間はガサすれば犯人だって思います。警察が事件と関係のない人を強制捜査するなら、マスコミは捜査対象の名前は書けなくなりますし、それどころか今度は県警を批判するためにペンを執ることになります」

諏訪は珍しく興奮しているのだろうか、顔を上気させてまくし立てた。事件以来、ろくに眠れていないのは記者も警察も同じだ。疲労とネタの獲れないストレスで声を荒げたい気持ちも理解できた内藤は、

「ま、言いたいことは分かるよ。分かるけど、おれからは何も言えないよ。おれもすぐ帳場に戻らなきゃならんから、もういいね？」

とやんわりと言って自分の部屋に入り、捜査の勘所で着る一張羅《いっちょうら》のスーツを持ってすぐに部屋を出

た。

　案の定、諏訪はまだその場にいて、「警察の捜査が疑わしくなれば、警察が逮捕したなんて誰も書けなくなるんだ。裁判の判決だけが報道される世の中になってみろ。われわれが報道で光を当てなければ、警察活動は闇に葬られるんだ」と、まだ言い足りなかったであろう持論を矢継ぎ早にぶつけてきた。

　諏訪もきっと、〝いち警部補〟ごときにそんなことを言ってもどうしようもないと分かっているはずだ。内藤は諏訪の持論とは戦わず、それを横耳で聞き流しながら車に乗り込み、食い下がる諏訪を無視して捜査本部のある空港署へと車を走らせた。

九

　一斉家宅捜索の日を迎えた午前五時。捜査本部の立てられた空港署の会議室に、この日届けられたばかりの朝刊全紙が貼り出された。『千秋空港でまた爆発』、『車両爆発、柴田町長が死亡』、『国際テロか、今度は中国機』、『再開初日暗転、逃げ惑う旅客』……。どの新聞も、前日にあった事件を現場写真とともに生々しく伝えていた。前夜に諏訪記者が言っていたような、『きょう、団結小屋を捜索』

といった見出しは、どこも広報官の要請を大人しく守ったようで、どこにも見当たらなかった。諏訪が言っていた〝捜索の根拠〟については、当然かも知れないが、諏訪の千秋新聞では触れられていなかった。坂口刑事部長と木村捜査一課長を夜回りした大手三社だけが、見出しではなく本文中で『空港反対派の関与も含め、慎重に捜査している』と、共通した表現で書いていた。

「タカタカ、お前、この新聞見てどう思う?」

県警本部御用達の出入り業者に仕立ててもらった一張羅のスーツを着た内藤が、壁に貼り出された新聞を見ながら高橋に聞いた。

「どうって……。まあ、あれだけの事件があったんだから、どこも似たような感じっていうか、横並びですよね」

高橋も同じ業者に仕立ててもらったのだが、この日が初めてのお披露目ということもあり、誰が見てもまだまだスーツに〝着られて〟いた。

「そう、どこもおんなじ。新聞も随分と優等生の横並びになったよなあ。おれが若いころの新聞ってさあ、もっと〝飛ばし記事〟を書き合ってたもんだよ」

「〝飛ばし記事〟ってなんすか?」

「飛ばし記事って知らないか。いわゆる〝ウラ〟を取らない記事のことだよ。例えばさあ、昔あったんだけど、あるマスコミがアパート火災の現場で野次馬に話聞くだろ？　その野次馬が『被害者の田中さんは、本当に優しいおばあちゃんでした』なんて言って、そのマスコミが死んだのは田中さんだって信じて、『アパート火災で田中さん死亡』って書いたわけよ、おれたちに確認もせずに」

「そんなことってあるんですか？」

「あったのよ、昔は。それで、実際はその野次馬がアパートの隣の部屋と勘違いしてたってだけでさ。ピンピンしてた田中のばあさんがその新聞見て署に怒鳴り込んで来たのよ。『あたしはまだ死んでない！』って凄い剣幕で。署でも『あの社に田中さんが死んだなんて言ったヤツは誰だ』って犯人探しが始まっちゃって、もう大騒ぎよ」

「へえ。でも、なんでそんなことするんすか？」

「何でったって、マスコミはどこも特ダネが欲しいんだろうよ。他の社よりうちの方が取材してるぞって見せるために」

「なるほど。飛ばし記事がもし当たってれば特ダネで表彰されて、外れてれば処分されるって感じですか」

「裏取りの手間を飛ばすから飛ばし記事。だからまあ、賭《か》けだな。あとは憶測。今回だったら、団結小屋にガサ入るんだから、憶測だけで『犯人は反対派か』なんて書きそうなところだけど、どこも大人しくなってるから書いてない。『反対派の関与も含め慎重に捜査』なんて、どう取っても間違いにならない書き方してる。これはどうしてか分かるか?」

「え? あ、いえ……」

「『関与も含め』なんてのはな、例えば『タカタカの関与も含め』って書いたとしたって間違いじゃないんだ。極端な話、もしタカタカがそれに対して苦情を言ったとしたって、書いた側は、『まず全国民を対象に捜査するのは当然だ、そこにはタカタカも含まれているだろう』って、あり得ない言い訳をして逃げられるんだ。事件が起きりゃあ、どんな事件だってまずは全国民が自動的に捜査対象になるだろ? こっちはそこから捜査対象を絞り込んでいくわけだが。特定の容疑者が三人にまで絞り込まれたとして、そのうちの一人にタカタカが含まれてるって書いてるわけじゃないって言い分なんだ。無限にいる捜査対象の中には、タカタカも当然いるって書き方なんだ」

「なるほど。それは汚いっすね」

「もう一つ。まああり得ない話だけど、たまたま団結小屋に居候してた反対派とは関係のない犯人って可能性もゼロではないだろ? だからマスコミは、おれたちが反対派をガサったとしたって、はっきりと『反対派が関与か』なんて書けねえんだよ。確実じゃないから。今はもう、裏取らなきゃネットですぐ批判されるから、どこも冒険しないんだ。もしうちがその居候を逮捕するって裏取らせりゃ書くんだろうけど、そんなことあり得んしな」

「マスコミも大変っすね」

そう言った高橋は、「あっ」と言って、何かに気付いたように壁に貼り出された新聞のうちの一つの紙面を指差した。

「先輩、この新聞だけ、飛行機の車輪が燃えてません」

内藤が見ると、それは千秋新聞の一面だった。他社はすべて、北方中国航空機の主脚部分に焦点を当て、赤々と燃える炎が写る臨場感あふれる写真だったが、千秋新聞の紙面にだけはそれがなく、粛々と消火作業に当たる消防隊員の姿が掲載されていた。写真説明の部分を見ると、『撮影・諏訪幸平』と書かれていた。

「うわ、千秋新聞のこれって、特オチじゃねえか」

「特オチ？」

「全社を抜きんじたのが特ダネ。特オチはその逆だな。千秋新聞、モスキート機ん時は唯一、燃え上がる炎を写して特ダネだったのに、今回は見事に各社に仕返しされちまったな」

「じゃあ撮影したこの記者、会社から厳しく怒られるんでしょうね」

「厳しい世界だからな。しかしこの諏訪って記者、特オチなんて初めてじゃねえか？」

「え？　内藤さん、この記者のことご存知なんですか？」

「え？　いや、知らねえよ。知らねえけど、この記者の署名で特オチ記事ってのは、見たことなかったような気がしてな……」

記者と懇意にしていることがバレれば、いつか県警内部の情報がマスコミに漏れた時、漏洩《ろうえい》した〝容疑者〟のリストに自分の名前が載ってしまい、出世にも影響する。内藤が慌てて否定すると、会議室にいつもの製パン会社からの大量の菓子パンの差し入れと、警察友の会からの栄養ドリンクが大量に運び込まれてきた。地元からの差し入れは本当にありがたいのだが、若い頃はあんパン一個では腹が減って仕方がなかった。内藤は自分の分のパンを一個手に取ると、「おれは食って来たから」と嘘を言って若い高橋にポンと放り投げごまかした。


午前六時。団結小屋のある敷地前に二十人ほどのマスコミが並び、空《から》の段ボールを持って敷地内に入る捜査員たちにカメラの放列を向けた。

団結小屋自体は妙に静まりかえっていた。モスキート機爆破事件の当日から機動隊を配置し警戒していたことが奏功したのだろうか、予想された過激派による抵抗は一切なかった。共同地権者の一人だという老人は敷地内の畑で一人、農作業をしていた。捜査員に気付くと、それなりに文句は言って来たが、令状を見せるとそれを熟読した上で意外にも素直に従った。

四十年ぶりとなる団結小屋の家宅捜索は、完全に不発だった。

団結小屋といっても、農家だった古い二階建ての日本家屋の納屋を過激派が改造したようなものだ。捜査員は誰一人として当時の捜査を経験していなかったので、県警を退官した伝承官に同行してもらったのだが、当時、反対派が作戦会議を行っていたという一階の広い土間には農具や漬物の桶が置かれ、本来の農家の姿に戻っていた。後の六畳間は老人の生活スペースで、テレビやちゃぶ台、電気ポットなどがあるだけだった。二階は完全に物置で、ホコリが積もっていて明らかに何年も人が入った気配がなかった。部屋の奥の方に、当時の反対運動で使ったものだろう、『空港絶対反対』や『反戦』、『空港粉砕』などの文字が読み取れるヘルメット十数個が確認できたが、どう見ても四十年分のホコリが固まってこびりついていた。鉄パイプのほか、ホコリで透明感を失った火炎瓶用の空き瓶、ガソリンが蒸発し切った空のポリタンク、『農地を返せ』、『空港建設断固阻止』などと大書されたものの、ほぼ朽ちかけたのぼりや横断幕、行動隊の旗……。そのどれもが、四十年前に時間を止めていた。

公安部の捜査員だけは、このタイムスリップしたような光景に興奮し、「関係のありそうな物はすべて押収しろ」と叫んでいたが、鑑識の捜査を待つまでもない。素人の内藤から見ても、ここは今回の三つの事件とはまったく関係がない。航空機爆破に使った爆弾を製造した痕跡どころか、そもそも人が入った形跡すらないのだから。

そうなれば、今の事件が終わったら、押収した証拠品はすべて返却しなければならないというのに、公安の連中は嬉々《きき》としながらありとあらゆるものを段ボールに詰めた。老人が日常使っている黒電話まで押収したが、現代のように発着信記録が残るはずはない。あんなものを押収してどうしようというのだろうか。

数件あった反対派の農家の自宅も似たようなもので、頼みの全共総連本部の捜索も、今回の三件の爆破事件を指示したような痕跡は一切見つからなかった。

十

県警による空港反対派への一斉捜索が終わり一段落すると、諏訪は千秋新聞本社での編集会議に呼び出された。会議の名目上は、今後の編集方針を話し合うとのことだったが、実際は二機目の爆破で現着が遅れた諏訪を糾弾《きゅうだん》することと、この事件に関してこれまで、特ダネを掲載できていないことに対する諏訪のつるし上げが目的なのは明らかだった。

「諏訪総局長。空港に常駐していながら、二機目ではどうして現着が遅れたのか。申し開きがあるなら言ってみろ」

編集局各部の部長とキャップが居並ぶ会議室で、中心に構える福田《ふくだ》編集局長が会議室の中央に立たされた諏訪に向かって言った。

「はい……。あの日、私は早朝五時に集合して滑走路脇で六時に離陸する一番機の撮影をした後、空港の再開を喜ぶ旅客の声取り、空港会社社長の記者会見、視察に来た大臣の取材をすべて一人で行いました」

「すべて一人でって、他社だって似たようなものだろう」

「いいえ。他社は一社当たり五人から十人はあの空港に投入していました」

「そんなにか？　でも、社会部は諏訪総局長一人で取材が可能だと判断したってことなんだろう？」

福田編集局長は、初めて聞いた話に驚き、五十嵐《いがらし》社会部長の方に話を振った。

すると、五十嵐社会部長はただ腕を組んで黙ったまま、「お前が発言しろ」とばかりに、隣の宮原《みやはら》という若い社会部キャップをひじで突いた。

「では私から。先ほど総局長がおっしゃった取材予定ですが、時間が重なるものはありませんでしたので、総局長であれば一人で取材は可能と判断しました」

宮原はノートパソコンを開いたまま手に持って立ち上がり発言した。

宮原は諏訪よりも六期も下だが、県北部地域の通信部を束ねる総局長と同格の、本社社会部を率いるキャップに抜擢《ばってき》されていた。諏訪が千秋新聞に採用されて以降、会社は極度の経営不振で、新規採用を五年間凍結していた。久しぶりにたった一人だけ採用された宮原は東京の一流大学出身で、しかもそこの有名な新聞研究会に在籍していた。新聞記者志望で大手新聞社はもとより、すべての地方新聞社を就職浪人をしながら受験したと自ら自慢していたが、結局、受かったのは経営難に苦しむ千秋新聞だけだった。

すべての新聞社が何らかの欠陥を見抜いて宮原を採用しなかったということが明らかだったのだが、会社は宮原の経歴だけを重視し、整理部や校閲部といった内勤での下積みをすべて免除した。すると、宮原は通常ではあり得ない、いきなり花形の政治部に配属させろと言い出したかと思えば、今度は県東部地区の総局長にしろと社長に直談判。地方勤務が飽きると、「自分の実力はキャップでこそ生きる」などと言い出し、またも社長に直談判をして、新聞社の顔とも言える社会部キャップになったという男だった。

「では、労働過多というわけではなかったわけだな。それで？」

取材の管理体制に問題はなかったと判断した福田編集局長は、再び諏訪に発言を促した。

「その直後に爆破が起こったわけですが、その直前に取材をしていたポイントから現場までの距離がかなりありまして、それで遅れたということになります」

諏訪は、一人での取材は可能だとしても、原稿を書く時間をまったく考慮していない編集局長の視野の狭さに辟易《へきえき》としたが、それもいつものことだと諦《あきら》め、当時の様子を簡単に説明した。実際、諏訪はそれぞれの取材は次々と簡潔に済ませ、取材終了後には食事も摂らず、わずか五分程度で原稿を書き上げていた。

「距離が遠いって、取材は全部空港の中だろう？　なあ、社会部長？」

福田編集局長は社会部長を指名したというのに、宮原は当然のように再びパソコンを持ったまま立ち上がり、

「はい。局長のおっしゃる通りです」

と同調した。知識も経験もない、それこそ筆力も取材力もないのに自分の実力を過大評価して上司に売り込む。宮原は、相変わらずの腰巾着《こしぎんちゃく》っぷりだったが、諏訪はそれに反論することなく、ただ黙って聞いていた。福田編集局長は学歴至上主義を絵に描いたような男で、特に三流大学出身の諏訪を嫌っていた。だから諏訪は、反論などしても無駄。ここはただサンドバッグになってめった打ちにされる以外にないと分かっていた。

「じゃあつまり、今回の特オチは諏訪総局長の怠慢《たいまん》が招いたことだったたってことだな」

福田編集局長が言うと、宮原はすかさずパソコンを持って立ち上がり、

「おっしゃる通りです」

と言った。

「じゃあ諏訪総局長。今回の件に関する始末書。この会議が終わったら、早急に私宛てに提出するように」

他社のようにまともな取材体制も整えずに、末端の記者にだけ責任を取らせるのは、この会社の常套《じょうとう》手段だった。始末書だらけで真っ黒なのは諏訪たち現場で働く記者ばかりで、上層部は誰もが真っ白。宮原もキャップになってからは自分で一切取材をしないから、始末書など書いたことはなかった。

諏訪には三流大学出身だというのに会社に拾ってもらったという負い目があった。だから、敵が戦車で来るのに竹やり一本で戦え、負けて帰って来たら死刑だと言われれば腹は立ったが、それでも耐えるしかなかった。

すると、宮原がおもむろに立ち上がって、手に持ったパソコンを見ながら、

「規定に従えば、処分は減給十分の二、三カ月です」

と発言した。

――このクソガキが……！

それを聞いた瞬間、諏訪はこの生意気な宮原に殴りかかろうと、思わず体が動いた。一機目で誰よりも早く現着した特ダネ賞が三千円なのに、現着が遅れた二機目が減給十分の二を三カ月だと言われて腹が立たない記者はいない。だが、諏訪はそれでもくちびるを噛み、握り拳を強く強く握ったまま、何とか踏みとどまった。

「じゃ、処分は規定に従うってことで良いとして、次の議題だ。空港爆破に関しては、うちは他紙に負け続けている。処分なんかよりこっちの方が問題だ」

福田編集局長が次の議題に移ったので、今まで立たされていた諏訪は末席に下がろうとした。すると、それを見た宮原がすかさず立ち上がり、

「局長。この件も総局長が関係しておりますので、総局長は自席ではなくそのままでよろしいかと」

と、諏訪をずっと立たせておくべきと提案した。立ち止まった諏訪は宮原をにらみつけたが、福田編集局長は、「お、そうか」とだけ言って、宮原の提案をそのまま採用した。

「じゃあまず、今回の事件。他紙は国際テロ組織から空港反対派に至るまで、かなり県警が犯人像を絞り込んだとして独自ダネを連発している。にも関わらず、うちだけは犯人像をまったく絞り込むことなく、ただ県警の発表に従って報道し、遅れを取っている」

福田編集局長が話し出すと、側近中の側近の局次長が、正面の壁一面に設置されていた巨大な会議

用のホワイトボードに、千秋新聞が〝抜かれ〟た、他紙の新聞紙面を次々と貼り出した。

他紙では、福田編集局長が言うように〝国際テロ組織が犯行声明〟、〝空港反対派が関与か〟、〝反対派、新滑走路計画に反発か〟など、県警が発表していない内容の見出しが数多く踊っていた。中には、〝国際テロ組織が反対派に協力か〟という見出しもあった。

「社会部。これらのネタ元ってのはどこだ？」

福田編集局長に名指しされた社会部は、やはり宮原が手を挙げて答えた。

「公安もしくはテロ特への夜回りかと思われます」

「その夜回りはどうなっている？　行ってなかったのか？」

「この事件は、空港総局の事件です。夜回りに関しては、諏訪〝先輩〟に……」

宮原は突然、諏訪をこれまでの〝総局長〟ではなく、〝先輩〟などと呼び、責任を押し付けた。

「諏訪か。じゃあ諏訪、その辺はどうなっている？」

会議前半と変わらず、さらし者のように立たされたままの諏訪は、突然話を振られ、

「あ、いえ……。私は実際に現場の第一線で捜査している捜査員を中心に夜回りをしておりますので、公安方面はちょっと……」

と、慌てて答えた。

「ちょっとって何だ。夜回りしてないのか？」

「……しておりません」

「してないってお前、夜討ち朝駆けをしない記者なんて、記者とは言えんだろう！　職務放棄してたって言いたいのか！」

つい先刻、懲戒処分を下したばかりだからか、福田編集局長は諏訪を糾弾する流れのまま語気を強めた。

「いえ、決して……。ですから、私は現場の捜査員こそ最も重要な情報を持っていると確信し……」

諏訪は急いで釈明したが、福田編集局長はそれには聞く耳を持たず、

「おい、社会部。そっちではネタ取れなかったのか？」

と聞いた。すると宮原は、

「こちらでは、諏訪先輩から特段指示を受けておりませんでしたので……」

と、悪びれることなく言った。

四面楚歌《しめんそか》。諏訪はこの会社に入ってから、常にそう感じていた。どんなに記者としての実力をつけても、階段を一段上がるとそこにいる人間に蹴落とされる。別のルートを見つけてロープで山を登ろうとすれば、上からロープを切られる。それでも何とか山を登り、やっと空港総局長になった。入社

以来、最も目指していたポジションだったが、それは諏訪の実力を認められてという形ではなかった。本来であれば、最大の出世コースである空港総局長は記者の誰もが争ってなるものだが、空港勤務は他の通信部と比べものにならないぐらい忙しい。経営不振で優秀な学生が集まらず、場当たり的な採用を繰り返してきた会社には、忙しくても空港総局長になって特ダネを飛ばし、ゆくゆくは会社の幹部を目指そうなどという志を持った記者はいなかった。「給料も安いし、事件の少ない田舎の通信部で適当にのんびりやっていたい」という記者ばかりになっていた。だから、諏訪は半ば空港総局長を押し付けられた形とはなったが、それでも諏訪は、文句一つ言わず、念願の空港総局長として必死に働いてきた。

「諏訪。またお前の怠慢か」

福田編集局長が、ゴミを見るような目で言った。

「は……。申し訳ありません。私にはキャップの経験がありませんでしたので、公安ルートにまで思いが至りませんでした」

諏訪は以前、社会部キャップの希望を出したことがあった。社会部時代は一番下の手下《てか》として十年以上泥水をすすってきた。キャップ級の空港総局長を目指すためには、そろそろ社会部でキャップにしてもらいたいと思っての希望だった。だが、その希望はこの福田編集局長に「社会部キャップは新聞社の華だ、三流大学には務まらない」と、あっさりともみ消された。結局、福田編集局長はその後の定期の人事異動で、唯一希望者がいなかった空港総局長のポストに、消去法で諏訪を放り込んだ。

「公安ルートが分からないからできませんでした、か。お前、公安ルートがあろうがなかろうが、この事件は各紙テロだって言ってるんだから、一般常識で公安に取材しなきゃいけないって分かるだろう?」

「は、はあ……」

「あ、そうか。お前、三流大学だったもんな。それじゃあ一般常識も分からねえか」

福田編集局長は、諏訪に向かって唾《つば》を吐き捨てるように言った。

すると、今度はまた宮原が挙手して、

「局長。少なくともまだ、この事件の犯人は逮捕されておりません。最大の特ダネは、『きょう逮捕』と『あす逮捕』です。それさえ取れれば、一発逆転できます。諏訪先輩にそれを書いてもらうってことで、今回の処分はひとまず保留とされては……」

と発言をした。確かに、県警が真犯人をあす逮捕するという記事を他紙に先駆けていち早く掲載できれば、千秋新聞の信頼度は上がる。県警が犯人逮捕を発表した記事が掲載された新聞より、二日も早く読者に安心を届けられるからだ。一見、諏訪への助け舟とも取れるような発言だったが、諏訪はそうではないと分かっていた。この発言は、暗にこの事件は今後も諏訪一人に取材をさせ、社会部は一切手を出さない。さらには、誰も夜回りを怠ったことに対して処分するとは言っていないのに、特ダネが取れなかったら最終的な総括で、社会部ではなく、諏訪一人を処分しろ、という宣言でしかなかった。

それを聞いた福田編集局長は、

「そうだな。県警もあれだけ派手にガサ入れしたことだし、各紙、ここまで犯人像を絞り込んでいるということは、近いうちに犯人も逮捕されるということだ。よし、諏訪。お前には最後のチャンスをやる。『あす逮捕』、必ず取れ」

と言って、会議を閉じた。

宮原と連れ立って会議室を出ていく福田編集局長が、宮原に、

「お前って、諏訪先輩に優しいな」

と言ったのが聞こえた。

諏訪は、その場に立ちつくしたまま一人残された会議室で、「クソ食らいやがれ！」と言って、先刻まで宮原が座っていた席を蹴り飛ばした。

十一

諏訪は懲罰を食らったその足で空港にトンボ帰りした。会社からは高速代が支給されないから、下道を走り、車で二時間かけて空港総局にたどり着くと、時計は午後九時を回っていた。

宮原などというガキに、『あす逮捕』の特ダネを取れと命じられた。『あす逮捕』など、実際は被疑者をすでに別件で逮捕している場合以外では書けるはずがない。警察がまだ身柄を押さえていない、犯人が潜伏中あるいは逃走中の事件で、警察が「二日後に犯人逮捕するから書いていいよ」などと言うわけがない。潜伏中の犯人が、自分があす逮捕されるなどと書かれた新聞を読めば必ず逃走するし、逃走中であればさらに身を隠す。自分があす逮捕されると知った被疑者の中には、自殺する者だっている。そうなれば、事件自体が闇に葬られることになってしまう。

――あのクソガキ、まったく事件ってもんが分かってねえ……。

諏訪には、『あす逮捕』なんて原稿など書く気はさらさらなかった。

諏訪は、とりあえず夕食でも済ませようと、ターミナルビル内のコンビニエンスストアに向かった。二度の航空機爆破に遭った空港は再び滑走路が閉鎖されたままで、ターミナル内も閑散としていた。

三度目の爆破を警戒し、土産物店などは軒並み休業していたが、従業員向けにコンビニだけは営業を続けていた。

旅客の姿もなくがらんとした店内に入ると、制服姿の若い警察官が、棚にあったおにぎりをすべて買い占める勢いで、次々とかごに詰めていた。

——帳場、まだ頑張ってんだな……。

空港署の捜査本部の買い出しだとすぐに分かった諏訪は、仕方なくカップラーメンの棚に行った。そこで商品を選んでいると、突然、「ようっ」と声を掛けられた。顔を見ると、ワイシャツ姿で軽装の内藤だった。

「あ、内藤さん。偶然っすね」

「おう。帳場の夜食、毎回おにぎりだから飽きちまってな。ターミナルで食おうと思ったんだが、どこも店やってねえし」

「そうっすか。僕はおにぎりでいいやと思って来たんですが、あの様子じゃ無理だからカップラーメンにしようかと」

そう言って諏訪は、一生懸命かごにおにぎりを詰めている若い警察官の方を見た。

「あ、そりゃ悪い、悪い。帳場はまだかなりの人数が頑張ってるからな」

内藤は帳場を代表して諏訪に謝ると、「おれもカップラーメンにするか」と言って、商品を選び始めた。

「あ、内藤さん。カップラーメンにするなら、僕の事務所、ポットあるんで、事務所で食べていきません？　この時間なら他社も当直以外いないし、このすぐ上なんで」

「ああ、お湯か……。確かに、帳場のポットをおれが独占しちゃうのもまずいか……。じゃあ、そうすっか。ただし、ネタはやらんよ」

「分かってますよ」

二人は、まだおにぎりを詰めていた若い警察官に「お先」とだけ言ってカップラーメンを買うと、コンビニを出て事務所に通じる従業員用の出入り口に向かった。途中、掃除用のロボットが黄色い回転灯を回しながら人けのないフロアを動き回って床掃除をしていた。

「いやあ、マスコミの本陣に攻め入るってのは初だなあ」

事務所の前に着いて内藤が言うと、諏訪は、

「攻め入るってそんな。ま、なんもないですが」

と言って事務所のカギを開けて中に招き入れた。

事務机の上にノートパソコン、小さなテレビにファクス、空港の歴史や関連図書など膨大な量の本

や新聞、空港関係の資料、新聞記事のスクラップブック……。空港総局は、諏訪一人で勤務しているだけあって、かなりこじんまりとはしていたが、いわゆる〝事務所〟という感じだった。

「あ、お湯入れましょうか」

諏訪はそう言って、内藤からカップラーメンを受け取ると、

「そちらどうぞ」

と言って、内藤を四人掛けの応接セットに促した。

「へえ……。こんな立派なところで働いてるんだ」

「立派だなんて……。うちは貧乏会社ですからこんなもんですが、他社の事務所なんて、この二倍から三倍の広さはありますよ」

「この二、三倍？　他社って凄いな……」

「家賃だってタダじゃありませんからね？　ここは狭いから安いっすけど、月三桁ってとこもありますから。それを払ってでも、空港には記者を常駐させなきゃならないんです」

諏訪がお湯を入れたカップラーメンを二つ持って来て、内藤の正面に座った。

「そりゃあたまげた。さすが、天下のマスコミは違うな」

「そんな大したもんじゃありませんよ」

「そうか？　家賃ウン百万の事務所で働けるなんて普通じゃあり得んだろう。やっぱ記者って職業は凄いんだな」

「凄くはないっすよ。別に何か特別な資格が必要ってわけじゃないですし。ただ会社の看板背負っただけの、ただの一般人っすよ」

「その看板が大きいんだろう。誰だってカネを払えばここに事務所構えられるってわけじゃないんだろ？」

「まあ、そうですが。でも所詮、記者なんて虎の威を借る狐っすよ」

「虎の威を借る狐ねぇ……」

ふと内藤が窓に目をやると、暗闇にポツポツときれいな緑色の光が点在しているのが見えた。

「ああ、窓の正面が滑走路になってます。滑走路上で何かあった場合、ここからすぐに写真が撮れるんですよ」

「へえ、滑走路。ここって、航空マニアにしたら一等地じゃねえか」

内藤が立ち上がって窓に近寄ると、ちょうどどこかの国の貨物便が着陸するところだった。

「おお、着陸した。結構、音しないんだな」

「騒音っすか？　ここは完全防音ですからほとんど気になりませんが、すぐそこに撮影用のテラスがあって、そこだとやっぱりもの凄くうるさいっすよ」

諏訪も窓に近寄ってきて、窓から見えるテラスを指差した。

「あ、もうラーメン、いいんじゃないっすかね？」

諏訪に言われて応接セットに戻った内藤は、ラーメンに袋のスープを入れながら、

「でも、諏訪さんもこんな時間まで仕事なんて大変だね」

と言った。

「大変と言っても、見ての通り、飛行機はこの時間でも飛んでますし」

「飛んでる時間はずっと働かなきゃいけないの？」

「ええ。滑走路で何かあればすぐに対応しなければいけませんし」

「そういうのって普通、交代勤務でやるもんじゃないの？」

「他社はそうっすけど、うちはカネないんで一人きりっすよ。ただでさえ高い家賃で経費がかさんでますから」

「じゃあ、夜回りなんてしてる暇ないじゃない」

「そうっすよ。きょうだけは絶対に飛行機は墜ちないって方に賭けに出て、一発必中、ここぞという時に夜回りしてるのに、内藤さん、何にも教えてくれないんすから……」

「そんな感じで夜回りに来てたのかよ……。いやあ、そりゃあ大変だ」

二人でラーメンをすすりながら話していると、突然、館内放送が流れた。

「あ、ちょっと待ってください」

諏訪はそう言うと、懐からメモ帳を取り出し、素早く放送の内容をメモし出した。どうやら、どこかの空港が天候不良だというようなことが聞こえたが、他は専門用語ばかりで、内藤にはどういう放送だったのかがまったく分からなかった。

するとすぐにファクスが動き出したかと思うと、ファクスの紙が出るよりも早く電話がかかってきて、諏訪は「今のダイバート、了解です」と答えて電話を切った。

「大丈夫?」

「あ、ええ。ただのダイバートっす」

応接セットに戻った諏訪は、ちょうど出てきたファクスには目もくれずに再び割り箸《ばし》を手にした。

「ダイバート?」

「岩森に行く予定だった飛行機が、天気が悪いからこっちに来るってだけです」

「それって記事になるの?」

「こんなもの、ニュースにもなりません」

「それでも、今みたいに一応、対応しなきゃいけないんだ？」

「まあ、仕事っすから。こんなのが毎日何十件とあるんで、それだけでも結構疲弊しますよ」

「へえ……。本当に記者って大変なんだな」

「まあ、警察ほど大変かどうかは分かりませんが、どんな仕事でも慣れちゃえば、それほどでも」

「慣れればねえ……」

そう言って内藤は、最後の麺をすすると、

「ふうっ、ごっそさん。あ、残った汁って、どこに捨てりゃあいいんだ？」

と聞いた。諏訪はそれを聞くと、慌ててかなり残っていた麺を一気にすすり、口をもぐもぐさせながら、

「あ、置いといてください。私が後で捨てておきますんで。でも、ちょっと待ってくださいよ」

と言って、内藤を引き止めた。

「待ってって何よ？　ネタはやらんよって、最初に言っただろう」

「そうなんすけど、せっかくの機会じゃないっすか。あと五分、五分だけ。お茶出しますから」

帳場に帰ろうとした内藤は、まあ、お茶ぐらいならと、上げかけた腰を下ろした。

「五分ったって、そっちもそろそろ締め切りの時間で忙しいんじゃないの？」

「大丈夫っす。きょうは原稿出してませんから」

諏訪はまたポットの所まで行き、「コーヒーしかないんすけど、いいっすよね？」とだけ言って、問答無用でインスタントコーヒーを作り始めた。

内藤は何となく、部屋を見回した。応接セットの正面の壁には、空港全体を写した空撮写真や構造図、ターミナルや保安施設の大きな地図が貼ってあった。自分の背中の方の壁には、小さな絵が飾ってあった。セロファンテープで貼ってあって明らかに油絵のレプリカと分かった。地球が丸く見えるほど見事な水平線に巨大な帆船が浮かび、手前には牛に鋤《すき》を引かせて畑を耕している農民、たくさんの羊を従えた羊飼の姿もあった。絵の右下の方に小さく、アーティスティック・スイミングのように海面から足だけを出している人間が描かれていた。

――この絵、どっかで見たことあるような気がするな……。

内藤がそう思う間もなく、諏訪がコーヒーの紙コップを二つ持って来た。

「いやね、内藤さん。僕きょう、あまりにもこの事件で特ダネ出さないからって、会社に減俸食らっちゃいましたよ」

諏訪は、内藤にすぐに帰られてはたまらないとばかりに、いきなり自分の腹を割ってきた。内藤は差し出された紙コップを受け取りながら、今は知らない絵よりも諏訪の話に関心を寄せた。

「減俸？　だって諏訪さん、一機目の写真で特ダネ賞もらってたじゃない。三千円」

「そうなんすけど、二機目で同じことができなかったんで、編集局長にこっぴどく叱られまして。『空港総局長は怠慢だ』なんて非難されるありさまで……」

「随分と厳しい世界だな……。でも、減俸ったって、どうせ三千円ぐらいなんでしょ？」

「違いますよ。減給十分の二を三カ月っすから、十万以上っすよ」

「十万以上⁉」

とんでもなく賞罰のバランスが狂っていることに驚いた内藤は、すっとん狂な声をあげた。

「そうなんすよ。だからどうしても、何か特ダネを取らなきゃいけないんすよ」

諏訪が顔を少し内藤の方に寄せてきたので、内藤は、

「気持ちは分かるが、おれからは何も話せんよ」

と言いながら、諏訪から離れるようにソファの背もたれにもたれかかった。

「まあ、県警があれだけ派手に反対派をガサったってのもありますが、各紙、犯人像は国際テロが絡んだ反対派によるものだと絞り込んでます。帳場の捜査方針ってのは今、各紙が報じている通りで間違いありませんか？」

懲罰を食らったばかりだからだろうか。内藤は、迫る諏訪の目に、ネタをくれるまで帰さないとい

う意思を感じた。

「帳場がそう言ってるのを各紙は書いてるんだろ？　お前も帳場に聞いてそう書きゃあいいじゃねえか」

「帳場なんて、どうせ公安が仕切ってるんでしょう」

「お前、そりゃあ言えねえが……」

「言われなくても分かってますよ。あんな情報が各紙に流れてりゃあ、誰がどう見ても、公安仕切りでしょう。公安なんか知りません。やっぱり警察の華は捜査一課。県警のエース部署は強行一班です。私はね、一機目の現場に本部から一番乗りした内藤さん。あなたから聞きたいんですよ」

内藤は、諏訪がよく警察組織のことを理解しているとは思いながらも、

「お前、ほめ殺しなんて随分古い作戦を……」

と言ってはぐらかした。

「冗談で言っているんじゃありません。私はね、今の帳場の捜査の目がどこに向いているのか、それが正しい方向に向かっているのか。それを知りたいんです。報道機関には、それを検証する責務があるんです」

「責務って言われたって……。お前、そんなもんはおれたちには何の関係もないだろうが……」

「どうなんですか！　やっぱり反対派で決まりですか！」

内藤は前回、官舎の前で、夜回りに来た諏訪と言い争いになったのを思い出した。

――またコイツの変なスイッチが入っちまったな……。

そう考えた内藤は、まだまったく冷めていないコーヒーをやけど覚悟で一気に飲み干し、

「各紙に書いてある通りじゃねえの？　ごっそさん」

とだけ言って紙コップを持ったまま立ち上がり、事務所の扉へと向かった。確かに帳場は捜査の本筋を反対派に置いている。あれだけ派手な一斉ガサをやったことだけでも、それは明らかだったから、内藤はこれぐらいは言ってもいいいような気がした。

内藤は扉を開けようとしたところで、紙コップを持ってきてしまったことに気付いた。捨てる場所がわからなかったので、それだけを聞こうと振り返ると、怒りの形相で追い掛けて来るとばかり思っていた諏訪は、意外にも正面の壁を見つめ、落ち着いた表情をしていた。その視線の先には例の絵があったが、諏訪の目がそれを見ているのかその先を見ているのか分からなかった。

内藤には諏訪が怒って食い下がって来なかった理由が分からなかったが、落ち着いているなら触れないでおこうと思い、紙コップを持ったままそっと事務所を出た。

帳場に向かって歩いていると、ふと、先刻見た壁の絵が頭に浮かんだ。

――そうだ……。あの絵、どっかで見たことあると思ったらイカロスだ。神話の中でロウの翼で空飛んで墜落したイカロスだ。墜落ってアイツ、空港に勤務していながら、趣味の悪い絵を飾っていやがる……。

イカロスという名前を思い出した途端、内藤の頭の中に、昔学校で習った歌が流れた。

♪　昔ギリシャのイカロスは
　ロウでかためた鳥の羽根……

内藤は歩きながら思わず口ずさんだが、ここから先の歌詞があやふやで、どうしても思い出せなかった。

十二

あれだけ派手な一斉捜索をしたにも関わらず、証拠はまったく見つからなかった。追い詰められた捜査本部にある日、鑑識の小島が駆け込んで来た。

「時限式爆弾に使用されたデジタル式腕時計の分析がやっと終わりました」

木村捜査一課長に報告する小島の周りに捜査員が集まった。

「時計って、一件目のヤツか？　あれ、中東のテロでよく使われるってヤツだろ？　指紋でも出たか？」

木村が聞くと、小島は、

「残念ながら指紋は検出されなかったのですが、一件目のモスキート航空機爆破で使用されたものと似た文字盤の破片が、二件目、三件目でも見つかりました。詳しい分析はこれからですが、同じメーカーのものと断定できます」

「ほう。それじゃ、同一犯もしくは同一グループによる犯行と見て間違いないな」

「はい。それで、製造国ですが、ネパールです」

「ネパール？」

一同が聞き返した。

「はい。ナイネパールという小さな会社なのですが、時計は千円ほどで、この空港でも買えます」

「ここで買える？　免税店か？」

木村が言った。

「制限エリア内の免税店エリアでも買えますが、到着口を出てすぐの売店でも、駅の改札までにある売店でも買えます。国内の他の空港でも取り扱っているようです」

そう言って小島は、千秋空港内の売店で買ってきたという新しい腕時計を出した。

「こんなものが、何でそんなにあちこちで売ってんだよ」

捜査対象が広そうに感じた木村が、渋い表情をした。

「いえ。それがですね、空港会社のリテール部に問い合わせたところ、この腕時計、空港以外には卸していないそうなんです。つまり、市内の家電量販店や時計店では売ってないんです」

「何で?」

「この時計はですね、完全に旅行客向けなんです。ほら、旅行先に着いて腕時計忘れたって時とか、トランクにしまっちゃって出すのが面倒だって時があるでしょう? そんな時に、使い捨てで買えるようなものです」

「仕事仕事で旅行なんか行けねえからおれは分からねえが、そういう需要もあるのか?」

「はい。電池も三カ月ぐらいで切れて交換もできないし、ストップウオッチとか無駄な機能が一切ないのが特徴なんですが、この爆弾に使用された時計だけはですね、この横のボタンを一回押すだけで、四十五分後にアラームが鳴る機能が付いているんです。この四十五分タイマーが、時限式爆弾のタイマーに使用されたものと考えられます」

「おおっ」

木村一課長はじめ、内藤らその場にいた捜査員全員が、感嘆の声を上げた。

「よし！　三つの爆破からきっちり四十五分前！　犯人はその時間に必ず、タイマーのボタンを押している！　その時間に絞って、目撃情報や防犯カメラの解析！　それと、腕時計の販売履歴と購入者の洗い出しだ！　全員、すぐに捜査に当たれ！」

木村一課長の指示に、その場にいた全員が「はい！」と応えた。


「なあ、何であの時計、一時間タイマーじゃなくて四十五分タイマーなんだ？」

またも防犯カメラ捜査に回された強行一班の武藤班長が、映像を観ながら内藤に聞いた。

「コジに聞いたんすけど、時差の関係じゃないかって言ってましたよ」

「時差？」

「ネパールって、経度が十五度ずれてるとかなんとかで、世界標準時との時差が五時間四十五分なんだそうです。日本との時差だと三時間十五分になるんだとか」

「へえ、そんな国があるの？　時差ってどこも、きっかり一時間だと思ってた。初めて聞いたよ」

「世界でも何カ所かしかなくて、かなり珍しいみたいっすよ？」

そう言った内藤は、大量のＵＳＢメモリーの中から、北方中国航空機爆破時の防犯カメラ映像を取り出し、自分のパソコンに読み込ませた。

「へえ。でもあの時計の分析、ちょっと時間かかり過ぎじゃあねえか？　あんな重要な物件、最優先で調べるんじゃねえのか、普通？」

「いや、コジが言うには、確かにあの時計の分析は最優先と考えていたので、もっと早く終わってたはずだったんだそうです」

「じゃあなんで」

「一斉ガサですよ。公安があれで団結小屋だの全共総連本部だのから、関係のない物件を次から次へと押収してきたから、鑑識はまったく手が回らなくなっちまったんだそうです」

「なるほど……。この事件、物件がむちゃくちゃ多いからな。現場の捜査員ばかり増やしたって、鑑識の人員はまったく手付かずだったからな」

「そうですよ。そういうのを班長から言っていただかないと……」

そこまで言いかけた内藤は、

「あ、班長。やっぱりこっちも駄目です。右脚、映ってません」

と、自分が今観た映像も不発だったと報告した。

内藤が観た八十三番スポットの映像は、武藤班長が観ている前回八十二番スポットのモスキート航空機と同様、北方中国航空機の左側面を上方からとらえた映像で、左主翼下の主脚は確認できるが、爆破された右主翼下の主脚は映っていなかった。

「畜生。何でよりによって、全部左から撮ってるんだよ。おい、町長の方はどうだ？」

武藤班長に言われた高橋は、

「十五時に役場を出る町長車は確認できましたが、駐車場には防犯カメラがなく、これしかありません。爆破現場の県道も周りに畑しかなく、コンビニすらありませんので、カメラ自体が存在しません」

と回答した。

「時間まではっきりしてるってのに、何でどこにも犯人の姿が映ってねえんだ。どうやって姿を消した？　まさか犯人の野郎、防犯カメラの死角を知ってやがったとでも言うのか……？」

気の進まぬ防カメ捜査とはいえ、内藤は調べれば調べるほど犯人の姿が見つからず、いら立ちを募らせていった。

時限式爆弾のスイッチを入れた時間まで特定できたというのに、肝心の犯人がスイッチを押した瞬間をとらえた決定的な映像は一向に見つからない。空港外周の防犯カメラ映像にも、不審者の姿はなかった。外周フェンスにも異状はなく、エプロンや滑走路にはタヌキ一匹入れない状態だった。

入退場を記録しなければエプロンに入れないのだから、犯人は入退場を記録している可能性が高い。こうなると、あとは内部の犯行を疑うしかない。防カメ捜査に見切りをつけた武藤班長はそう判断したが、手元の資料を見て頭を抱えた。事件のあった二日分のエプロンへの入退場記録から二日間に共通した人物だけを抜き出しても、その人数は千八百人を超えていた。

つまり、容疑者は千八百人超ということになる。

「仕方ねえ。これ全部、潰《つぶ》していくしかねえか……」

武藤班長は言ったが、再三の防犯カメラ捜査にいら立っていた内藤は、

「班長、これ全部って、一日百人当たっても十八日以上かかりますよ。それよりも、一班を町長殺しに行かせてください。こっちはただ飛行機のタイヤが燃やされただけで、あっちは立派な殺しです。一班が殺しを調べなくてどうするんですか」

と噛み付いた。

「まあ、そう言うな。組織なんだから仕方ないだろう。帳場が同一犯と断定した以上、こっちの防カメだって立派な殺しの捜査だ。それに、千八百人の聴取を進めていれば、そのうち本ボシにつながる情報も出てくるだろう。それが早い段階で出てくりゃあ、千八百人全員を聞き込む必要もなくなるん

だ」

ただ上司に言われるがまま。武藤班長には、県警きっての捜査能力を誇る強行一班を率いているというプライドもなければ、部下の思いを受けて上司と戦おうという気概もなかった。常々思ってきたことだが、この人間は班長に相応しくない。猟犬を檻に閉じ込める主人は要らない。

内藤はふと、この事件が終わったら、今まで一度も受けたことのなかった警部昇進試験を受けてみようかなどと考えた。

普段の殺しであれば、内藤はこういう時、真っ先に本ボシの筋に近いところから聞き込みに当たるのだが、公安部が仕切る今の捜査本部にあっては、捜査の本筋から完全に外されている。千八百人に対する聞き込み部隊に組み入れられたことにも納得がいかなかった内藤は、エプロンの入退場リストのコピーを手に、いわゆる安パイ、事件とは関係のなさそうな人物から消していこうと考えた。

航空会社や空港会社の社員、関連子会社の整備士、航空機を誘導するグランドハンドリング、航空貨物の上屋《うわや》スタッフ、航空機をけん引するトーイングカーのオペレーター……。エプロンで働くさまざまな会社名と従業員名が並ぶ中、内藤はまずマスコミに目をつけた。マスコミは三百人を超えていた北方中国航空機事件の日と比べ、モスキート航空機事件の日は二十人しかいない。そのうち、両方被っているのは十五人。一日で十五人が消せれば、武藤班長も納得するだろう。上からの命令を着実にこなした上であれば、独自で捜査に動いたとしても文句は言われないはずだ。

内藤は高橋を連れて、ターミナルの最上階に行った。空港従業員しか入れず、いくつかの航空会社のほか、新聞とテレビ全社が入るエリアで、約百メートルにわたって似たような部屋が並んでいた。マスコミはそれぞれの部屋に『空港支局』を構え、ここで日々の取材活動を行っている。

「タカタカ。ここの家賃、おれとお前の年収を足しても全然払えないらしいぞ」

先日、千秋新聞の諏訪に聞いた話を思い出して内藤が言うと、高橋は、

「マジっすか⁉　僕が三百もいってないから、ええと……、まさか月八十万とか百万とかっすか⁉　それって、ほとんど億ションの値段じゃないっすか！」

と、素早く月の家賃を計算して目を丸くした。

端から順番にノックしていくと、ほとんどの記者は取材中で、事務員という記者の秘書のような人が応対してくれた。「これは強制か、任意か」などと騒いだり、逆に捜査情報を聞いてくる一部の記者もいたが、共通して分かったことといえば、モスキート機事件当日は午前中に極東ロシアのウラジオストク線の新規就航があったため、取材でエプロンに立ち入ったこと、その後はモスキート機の取材だったことぐらいだった。

肝心の爆弾のタイマーを押した時間帯のアリバイについては、はっきりとは聞けなかった。ただやんわりと、新規就航の取材とモスキート機爆破までの間の時間帯の行動を確認することはできたが、記者たちはウラジオストク線の初便として滑走路を離陸する機体を撮影するためにエプロンに出ていたり、そのまま制限エリア内に留まって新規就航の原稿を書いていたり食事を摂っていたりとまちまちだった。アリバイとしては不完全ではあったが、エプロンへの入退場記録はそれなりに記者たちの行動を裏付けていた。

ここが、マスコミが参考人となってしまった場合の難しいところだった。直接スイッチを押した時間に何をしていたかなどと聞いてしまえば、必ず記事に書かれてしまう。そうなれば、警察は爆弾の構造をそこまで突き止めたのだと犯人に教えてしまうことになってしまうし、追い詰められたと感じた犯人が第三の爆破へと動いてしまうことにもつながる。帳場でこの情報はマスコミに出してもいいと判断してくれれば楽なのだが、幹部たちはこれまで、夜回りに来た記者たちに何も話していない。しかも、帳場を仕切っているのが公安だったから、内藤がそれを上申したところで、聞いてもらえるはずもなかった。

記者に聞けるのはこの辺が限界だというのは高橋も感じていたようで、通信社の部屋を出ると高橋は、

「先輩、もうここはいいんじゃないっすか？　これ以上聞いても収穫ないっすよ」

と、面倒くさそうに言った。

「バカ。すべての可能性を潰《つぶ》していくのが捜査の基本だ。『大体潰しました』なんてのは通用しない。そんなものは、何も潰してないのと同じだ。裁判で弁護士に突かれるのは、そういうところなんだ。それを肝に銘じろ」

内藤は、不完全なアリバイ潰しになってしまっていることに歯がゆい思いを抱きながらも、仕方なく正論で高橋を叱った。

「すいません。肝に銘じます」

素直な高橋に相好を崩した内藤は、

「まあほら、次で最後だ」

と言って、『千秋新聞社空港総局』と書かれたプレートのある扉をノックした。するとすぐに扉が開き、諏訪記者が顔を出した。

高橋は、諏訪記者が内藤を夜回りしていることは知らない。内藤はこれまでと同じように諏訪とは面識がない風を装い、これまでと同じように淡々と質問した。ネタ元は明かさないという記者の基本が染みついているのだろう、諏訪も内藤と顔見知りだという風は一切見せず、他社が答えたこととほとんど同じような答えを淡々と話した。

　すべてのマスコミの聴取はあっさりと終わった。


　捜査本部に戻った二人は、今夜の捜査会議までかなり時間があったので、会議に上げる捜査報告書を作ることにした。防犯カメラも聞き込みも『収穫なし』の報告書だ。公安部では捜査の重複を避けるために必要なのだそうだが、一課の仕切りであれば、そんなものは必要ない。捜査状況はすべて頭に入っているから、ただ重複を避けるように捜査を指示すれば良い。

　あっさりと収穫なし報告書の作成を終えた内藤は、ふと、壁に貼り出されたままの新聞各紙に視線を向けた。空港に常駐していながら爆破直後の生々しい現場を撮影できず、特オチした地元紙。『撮影・諏訪幸平』。前回一番乗りした諏訪が、なぜ二機目の撮影に間に合わず、特オチしたのだろうか。一機目でやっかまれ、ライバルである他社から嫌がらせでも受けたのだろうか。

　内藤は何となく、開いていたパソコンの県警データベースに、『諏訪幸平』と入力してみた。過去に犯罪歴がなければ出でこないはずだが、『諏訪幸平』は他の犯罪者と同様、顔写真と指紋入りでしっかりと登録されていた。

「あれ、先輩？　これって、先刻の記者ですか？」

高橋がひょいと内藤のパソコンをのぞき込んだ。

「ああ。過去の犯歴がねえから、社会部時代、うちの記者クラブに登録した時のデータが残ってるみたいだな」

「へえ。指紋まで登録するなんて、うちの記者クラブに入るのも大変なんすね。って、あれ？　この出身大学、国際目白大学ってなんすか？　聞いたことありませんけど……」

「ああ、おれも聞いたことないな。ボーダーフリーの大学じゃねえのか？」

「ボーダーフリーって、定員割れで名前書けば入れるような大学っすか？　そんなんでも新聞社って入れるんすね。僕、新聞社って、一流大学を出たエリートしか入れないものと思ってましたよ」

データはさすがに実際の犯罪者ほど詳しくはできなかったようで、身長や体重、血液型、最終学歴以外の学歴など空欄ばかりだったものの、過去に重大な犯罪者がいなかったかを確認するためにあった両親の氏名を記載する欄には記入があった。

「父親の欄が『死亡により空欄』となってるな。母親が……三沢幸子《みさわさちこ》で旧姓が諏訪？　あの記者、母ちゃんの旧姓を名乗ってたのか。三沢……、三沢……か……」

内藤はいつも、三沢という名字を聞くと、胃の奥がむかつくような感覚を覚えた。そして、父親の訃報《ふほう》を聞いた子どもの頃に一瞬で引き戻される。空港反対闘争の渦中にあって反対派の事務局長として闘争を主導した男。自分の父親を鉄パイプで殴り殺した男。刑を全うせず、刑務所内で勝手に病死した男。それが『三沢平治《へいじ》』だった。

「先輩、それがどうしたんすか？」

「諏訪幸平……。いや、まさかな……」

そうつぶやいた内藤は、画面に表示されていた『三沢幸子』の名前に、どうしても『三沢平治』の名前を重ねざるを得なかった。

十三

翌日、内藤は聞き込み班を外してもらい、防犯カメラ捜査班を自ら志願した。反対派の一斉捜索に失敗した上、関係者千八百人総当たりの聞き込みにも失敗すれば、世論の批判は必至だ。賭けでしかないが、時限式爆弾に使用されたあのネパール製腕時計をこの千秋空港で三個以上購入した人物を特定する。家宅捜索で爆弾製造に関わる物証を押さえ、自供させる。これが一番の近道だ。

内藤はそう信じ、二度の爆破両日の分だけでなく、腕時計を売っている売店の過去一年分の防犯カメラ映像をかき集めた。ネパール製腕時計の電池は三カ月で切れるから、まずはモスキート機の事件から三カ月以内に撮影されたものに絞れば数は減る。

防犯カメラ映像自体も、腕時計の販売履歴も、売店では一年分しか保管していない。もしも犯人が電池交換の技術を持っていて、一年以上前に販売されたものが改造され爆破に使用されたとすれば完全に空振りだが、今は賭けるしかない。

映像の解析は、とにかく骨が折れた。年間処理能力が二千五百万人を超える巨大空港というのは伊達じゃなかった。売店だけで百カ所もあるし、それぞれにひっきりなしに旅客が押し掛ける。件《くだん》のネパール製腕時計も一年間で二千五百個以上販売されていて、販売履歴から販売された時間は絞り込めるといっても、あまりにも数が多い。購入者は外国人ばかりで顔の区別も難しいし、売店のカメラには当然、顔認証機能などありはしない。

だが、内藤は諦めず、連日泊まり込みで映像の解析を進めた。まずは販売履歴から、一度に三個購入した者をA、四〜五個をB、一個をC、二個をD、六個以上をEと、捜査の優先度順に分けた。三個はこれ以上爆破事件が起きないと仮定した最有力、四〜五個は、今後さらなる爆破事件が起きる可能性と、爆弾製造用の予備に購入したと考えられるから次点。二個は完全に今回の犯行には足りないとしても、一個をCとしたのは、一個を日にちを分けて複数回買っている人物がいる可能性を考えた。六個以上はざっと見たところ、ああいう安い時計が母国へのみやげになる国が結構あるらしいと判断した。

防犯カメラで、腕時計の購入を確認した人物の動線を逆流するように出・入国審査場までたどり、入管（出入国管理庁）にその人物の氏名を確認する。さらに、爆破のあった二日間に国内にいた人物だけを抽出し、前科・前歴を調べる。これを優先度順に繰り返していくのだが、AとBは内藤が思っていたよりも該当する人物の数が十二人と少なく、初日ですべての照会を終えることができた。しかし、県警のデータベースに引っ掛かってくるような人物はなく、すべての人物が事件のあったいずれかの日に、県外のホテルなどに宿泊していたことが分かった。

内藤は初日にしてかなり焦った。航空機爆破などという犯罪を、前科・前歴のない人物が初犯で行うというのは考えにくい。爆弾用の時計を空港内で購入したのであれば、必ず、データベースに引っ掛かってくるような人物がいるはずだ。二日目からは数十人いた二個購入者の捜査に移り、映像の確認を進めた。

前日にたった十二人分を調べただけで、入管からはこれでは仕事にならないと、かなり文句を言われた。それもそのはず。十二人はあくまで抽出された分で、すでに国内にいなかった人物も含めると、数十人の照会を頼んでいたからだ。二個購入者の数十人、さらに百人を超える一個購入者の照会は、入管にとってはほとんど業務妨害レベルとも言える。

内藤はまず、二個購入者のうち夫婦やカップル、家族、ツアー客など同伴者が確認できた分を一旦除外し、一人で二個を購入した人物に絞った。今回の犯行が単独犯か複数犯かはまだ不明だが、複数犯だとしても、たかが腕時計を購入するのに、犯行グループが目立つ複数人では買いに来ないだろうと判断した。出・入国審査場や手荷物検査場を経由した人物についても、入管や税関の審査を受けたということで、一旦除外。つまり、航空機に搭乗する気配がないのに、腕時計を購入したと考えられる人物をあぶり出すことにした。少しでも入管の負担を減らさないと、今後の入管との関係にも支障が出るということを懸念せざるを得なかった。

Cの分類を始めて三日目。映像に思わぬ人物が現れた。千秋新聞空港総局記者、諏訪幸平だった。

「何で諏訪が……」

映像の日付を見ると、モスキート機爆破のおよそ二カ月前になっていた。諏訪は、販売履歴にある時間ぴったりにレジ前に立ち、販売履歴通りにあのネパール製腕時計二個を購入した。そして、レジ袋を断り、時計を直接、自分のスーツのポケットに入れた。

「買った。確かに買ったぞ……」

内藤が、左右にセットしていたパソコンで、同時間帯の別の防犯カメラを確認すると、諏訪は一般の旅客が使うことのできない従業員用出入り口を出て真っ直ぐ売店に来て、腕時計を購入したら真っ直ぐ、同じ出入り口に戻っていた。

「従業員エリアに入ったってことは、最上階の自分の事務所に戻ったってことか……」

内藤はすぐに電話の受話器を上げ、空港会社の監視センターに電話をして真田を呼び出した。

「真田さん。従業員エリアってのは、防犯カメラってあるんですか？」

「うちの本社ビルは全館設置されてますが」

「いえ。御社じゃなくて、ターミナルビルの方です。ほら、マスコミとか航空会社とかが入ってる」

「ああ。ターミナルの方でしたら、こちらも家賃をお支払いいただいてお貸ししているエリアですので、そういったものは設置できないんですよ。従業員エリアにあるカメラらしいカメラっていうと、エレベーターターぐらいしかありません。それがどうかしましたか？」

「いえ、少し気になったものですから」

内藤はそれだけを確認すると電話を切った。

一般の旅客が利用するエリアには従業員エリアに出入りする入口、いわゆる関係者入口が無数にある。従業員エリアには防犯カメラがない。とすると、空港従業員は、いわばブラックボックスと呼べる従業員エリアを通り、一般エリアのありとあらゆる出入口から現れることができる。

——あんな旅行者向けの、すぐに電池が切れて使い物にならなくなる時計なんか趣味で買うか？

何か記者としての仕事で使うのであれば、使い捨てではなくきちんとしたものを買うはずだよな……。

内藤はすぐに、諏訪が腕時計を購入したターミナル内の売店に行った。

事件により空港機能を停止したターミナル内は、相変わらず閑散としていた。

売店も当然、臨時休業中となっていて、天井から床まで何本もの細い鉄パイプでできたシャッターが降りていたが、鉄パイプの隙間は空いていたので、店内の様子は見えるようになっていた。

店の奥をよく見ると、キーホルダーやサングラスなどが掛かったスタンドがいくつかあった。その中に、鑑識の小島に見せてもらったものと同じ、ネパール製の腕時計がかけられていた。諏訪はあのスタンドから腕時計を取ってレジに行ったのだろう。レジ付近の天井には、防犯カメラも確認できた。振り返ると、諏訪が使った従業員用出入口もすぐにあった。

――なるほど……。目当ての商品を事前に決めてりゃあ、あの出入口を使えば一分もかからずに物が買える。ブラックボックスの外に出る時間を最短にできるってことか……。

内藤はそれだけを確認すると、再び署の会議室に向かって歩き出した。

本来ならば、旅行を楽しみにする旅客であふれ返っているはずのターミナルを歩いていると、警察としていまだ犯人逮捕に至っていないことに、申し訳ないという気があふれてきた。

――何としてでもホシを捕まえる。一日でも早く、空港に日常を戻してみせる……。

内藤が静かに誓うと、〝シャッター通り〟となった休業中の土産物店や理髪店などの先に、書店があるのが見えた。

――空港って、本屋もあったのか……。

当然のようにシャッターは降りていたが、ここも店内が見えるようになっていた。

天井に『文芸』や『雑誌』、『旅行』など、本のジャンルを示す看板があった。その中に、『芸術』の文字が見えた。

――芸術か……。そういや諏訪の事務所にあったあの絵……。

内藤は店内に入って調べたいと思ったが、できそうもなかったので、仕方なく署の会議室に戻って調べることにした。

絵のタイトルが分からなかったので、パソコンで大手検索サイトを使い、『イカロス』、『絵画』と入力した。するとすぐに候補の画像一覧が出てきて、諏訪の事務所で見たものと同じ作品が見つかった。

絵のタイトルは、『イカロスの墜落』となっていた。別の同じ画像では、『イカロスの墜落のある風景』となっているものもあった。作者はピーテル・ブリューゲルだったり、名前の後に『?』がついていたりしていた。作品が描かれた年代も一五五八年頃の作となっていたり一五五六～五八年となっていたりと、謎多き作品だった。

解説文を読むと、イカロスは父の忠告に背いてあまりにも高く飛び過ぎたため、翼を取り付けていたロウが太陽に溶けて墜落するという、オウディウスの『転身物語』八章を描いた作品だということが分かった。人間の思い上がりとその罰という、古典的主題が描かれているのだという。

別の記事を読むと、ブリューゲルの生年は一五二五年から三〇年の間となっていたり、没年も一五六八年の九月五日あるいは九日となっていたりしていた。生地も推測で北ブラバント地方のブレダ、出身も不明。画業についても、ピーテル・クックに師事したというものもあれば、有名な細密画家、マイケン・フェルヒュルストの下で学んだ可能性が高いというものもあったりと、やはり謎が多かった。それでも記事を読んでいけば、ブリューゲルは少なくとも、絵画作品の構図を細部に至るまで発展させた北方ルネサンスの画家ということだけは理解できた。内藤でも知っているレオナルド・ダ・ヴィンチが一五一九年、ラファエロが一五二〇年に没しているということも分かったので、時代背景も何となくイメージできた。

作品を観ていくと、細密画家に学んだことを示すように、画像に出てきたものはどれもとにかく精密、細密に風景や人物が描き込まれていた。西洋絵画に詳しくなく、絵画といえば印象派、そこにある風景を〝こんなイメージで描いた〟というようなものが油絵だと思い込んでいた内藤は、その緻密さ、描写の正確さに一瞬で引き込まれた。

奇妙なモンスター、のどかな農村で開かれた結婚式、楽しそうに踊る農民……。農村は無数の大人たちであふれ返っていたかと思えば、無数の子どもたちであふれ返っているものもあった。作品の持つ意味はよく分からなかったが、どれも人物が一人ひとり丁寧に描き込まれていて、まるで模型のジオラマのようで楽しくなってきた。

さらに画像を観ていくと、ブリューゲルが手掛けた作品の中に、有名な『バベルの塔』(一五六三年)があった。この作品ばかりは内藤でも知っていた。

――なるほど……。これほどの凄い画家なら、学校の授業でやるか。おれがどっかで見たことあると思ってたのは、美術の教科書ってことか……。

内藤は、一応、どういう作品だったのかを知ることができて納得したが、そこで首を振った。

「いや、こんなこと調べてる場合じゃねえ」

犯人逮捕は日本だけじゃない、世界中が待っている。内藤は、再び犯人逮捕に向けて自分に気合を入れ直した。

そして、会議室の壁に貼ってあったいくつかの新聞紙面を取り、隣でほとんど眠りながら防犯カメラ映像のチェックを続けていた高橋を叩き起こしてターミナルの最上階に向かった。

「先輩、ここの聞き込みはもう終わったはずじゃ……」

徹夜続きで目を真っ赤に腫《は》らしている高橋に、内藤は、

「聞き込みじゃない。タカタカ。この前の聞き込みで、お前が確実にシロだと確信できた社はどこだ？」

と聞いた。

「確実にですか……。基本的にマスコミは全員シロのような気もしますが……。強いて挙げれば、金川《かながわ》新聞のおじいちゃん記者ですかね。空港記者クラブに何年もいる長老って感じだったから動機もないだろうし。掲載された紙面を見ましたが、あれほどの事件にも関わらず、自分で写真を撮りに行かないで通信社の配信写真を使ってましたから」

金川新聞の斉藤《さいとう》という記者は、給料の安い千秋新聞を辞めて金川新聞に移った経歴があり、表向きは〝余人に替え難し〟、実際は外様《とざま》の現地採用扱いで空港支局に二十五年間塩漬けにされ、定年後も単年度契約で再雇用されているという人物だった。

「金川のじいさんか。タカタカ。お前もなかなか、人を見る目がついてきたよな。よし、金川にしよう」

内藤は、始めから高橋が、金川の斉藤記者の名前を挙げるであろうことは分かっていた。そりゃあ

誰が聞かれても、完全な安パイはあのじいさんと答えるに決まっている。内藤の若いころは、部下が上司に意見するなどご法度だった。口ごたえをしようものなら上司から殴られ、部下は黙って上司の命令を聞くしかなかった。だが、今は時代が違う。内藤がかつての上司と同じことを高橋の世代にすれば、やれ暴力だ、やれパワハラだと訴えられる。ある交番で、ハコ長が立番をしていた新人警察官に拾得物の書類の作成を命じたところ、その新人は、「なぜ私がそんなことをしなければいけないんですか」と口ごたえをした。ハコ長はただこの新人に書類の作成の仕方を覚えてもらおうと思っただけだったのだが、この新人は、自分の考えで立番をしているのだから、ハコ長の考えには従えないのだと言って、当然のように本部にパワハラをされたと怒鳴り込んで来たという。

内藤は、個人の尊重と考える力を重視し、政府自らが進めながら政府自らが廃止したゆとり教育とインターネットの普及は、単にわがままで権利主義に凝り固まった怪物を生み出したと考えていた。中国の一人っ子政策が生み出したわがまま放題の〝小皇帝〟に似ている。高橋にそのような傾向はないが、内藤はこの世代に教える時は、できるだけ本人に考えさせ、できるだけその考えを受け入れるよう心掛けていた。それこそが、内藤自身の自己防衛にもつながるのだ。

ドアをノックすると、斉藤記者は部屋にいた。

「斉藤さん、度々すいません。きょうは聞き込みってんじゃないんですけど……」

「ああ、一課の内藤さん。どうしました？」

斉藤は一度しか会っていないというのに、内藤の顔と名前をしっかりと覚えていた。この辺は、さすがは記者というところか。

「実はですね、記者さんたちがああいう事件があってここから八十二番スポットに行く時、どういうルートを通るのかを教えていただきたくて」

「ルートですか？　空港会社脇のゲートを使うのが一番楽ですが、大体はターミナルの中を通ってバスゲートから行きますよ」

「バスゲート？」

「沖留めで使うんですが、そこから行けるんですよ。ご案内しましょうか？」

飛行機といえば、ターミナルに搭乗橋で接続するのが当たり前と思っていたが、確かに外国の首脳などが来日した時、ターミナルに接続しないオープンスポットを使い、階段に車が付いたようなステップカーから手を振りながら降りている。斉藤は、このオープンスポットのことを、業界用語で〝沖留め〟と呼んでいた。

「あ、ぜひ、お願いします」

複雑な空港の構造を知り尽くした斉藤は、勝手知ったる我が家という感じで、最上階のフロアをず

んずんと進んで行った。エレベーターホールに着くと下ボタンを押そうとしたので、内藤は、

「あ、すいません。できればエレベーターは使いたくないんですが」

と、その手を止めさせた。斉藤は、

「そうですか。私も普段、急ぐ時は階段です」

と言って、すぐ横の階段のある重い扉を開け、フロアを二つ降りた。そこから廊下を少し歩き、突然、廊下の途中にあった扉を開けると、また階段があった。また二フロア降りてぐるっと廊下を回り込み、なぜここにまたあるんだと思える階段を一つ上がった。廊下を何度か曲がりながら進むと、狭い廊下に通過型の金属探知機が設置されていて、係員がＩＤカードの提示を求めてきた。

「空港従業員専用で、ここからエプロンに出られます。私はＩＤですけど、内藤さんたちは捜査だから警察手帳で良いですよね？」

そう言って斉藤は金属探知機を通過し、自分のＩＤカードを機械に読み込ませた。斉藤は肩からスチールカメラを提げていたから、どうやって金探を通過するのかと思っていたら、斉藤はそのカメラを係員に手渡し、体だけを通過させたので反応しなかった。内藤たちは係員に警察バッジを見せ、金探を免除されて通過した。扉を出ると、オープンスポットに駐機した航空機とターミナル間を結ぶ連絡バス用のバスゲートがあった。旅客はここからバスに乗って、沖留めされた航空機に搭乗するのだ

という。

「斉藤さん。外に出るとやっと方角が分かりますね。ターミナルの中をぐるぐる回ってたんで、方角を見失ってましたよ。あんな複雑なルート、いつも使うんですか?」

内藤は道中、何とか滑走路のある方向を把握しようとしたが、ルートがあまりに複雑すぎて、本当に方角が分からなくなっていた。ただ、エプロンに出るまでの間に、防犯カメラらしいものがなかったことは、しっかりと確認できた。金探のあるエリアだけはきちんと防犯カメラが設置されていた。

「記者それぞれで使うルートは違うと思いますが、私はこのルートが一番早いと思いますよ。あとはほら、あの連絡通路の下を歩いていけば八十二番スポットに着きます」

斉藤が指差した先には、モスキート機爆破の当日、内藤たちが息を切らせて走りながら見た光景が広がっていた。内藤が付近の天井などを見回していると、斉藤が、

「どうします? 一応、スポットまで行きますか?」

と聞いてきた。内藤は、

「あ、ここから先は、ちょっと調べたいことがあるので、ここまでで結構です。斉藤さん。きょうは本当に勉強になりました。ありがとうございました」

と、丁寧に礼を言って斉藤と別れた。すると、斉藤は今通過した金探のあった扉に戻らず、バスゲー

トからターミナル内に戻って行った。斉藤が言うように、本当にルートはたくさんあるようだ。

航空貨物の積み下ろしをするローディングエプロンを抜けると、八十二番スポットのあるサテライトへとつながる長い連絡通路の下に出た。ここまでに、人物の顔が判別できるような防犯カメラは見当たらなかった。ここから先のカメラは、防犯カメラと言うより監視カメラで、スポットごとに航空機全体を監視するために設置されたものや、連絡通路全体に異状がないかを監視しているものぐらいだった。もしも犯人が内藤たちと同じように連絡通路の下を走っていて、その姿が録画されていたとしても、その姿はあまりにも小さくて人物の特定は難しい。裁判で証拠として認められるかも微妙なところに思えた。

次に内藤は、モスキート機爆破当日、記者たちが集まって撮影していた場所に行き、持ってきた新聞紙面と照らし合わせた。モスキート機はすでに撤去されているものの、実際にその場に来てみると、確かにこの場所から撮影されたものだと分かった。すると、高橋が、

「先輩。そろそろ教えてくださいよ。先輩は誰を疑ってるんです?」

と言いながら、内藤が広げた新聞紙面をのぞき込んだ。

「誰を疑ってるかだって? お前はどう思うんだ?」

「うーん……。先輩が、犯人は今僕らが通って来たルートでここまで来たと考えてるとすると、やっ

ぱり空港従業員ですか？」

「ここまで案内してくれた斉藤さんだって、このルートを知ってるだろう」

「斉藤さんって、まさかマスコミっすか？　マスコミには飛行機を爆破する動機がないじゃないっすか。自作自演で特ダネ作ったとでも言うんすか？　だったとしても、町長まで殺す必要がないっすよ。……ん？」

高橋が突然、ある紙面に目を止め、当時、モスキート機があった場所と見比べ始めた。

「どうした？」

「いえ。何かこの写真だけ、他の写真と角度違いません？」

言われて見ると、他の新聞の写真はすべてこの場所、機体の前方斜め四十五度から撮影されていたが、高橋が指摘した写真だけ、前方斜め三十度ぐらいから撮影されていた。その角度を実際に歩いて検証してみると、どうやっても、当時マスコミが撮影を許された規制エリアから外れていた。「規制エリアに向かって走りながら撮影した」と記者に説明されればそれで終わりという程度の差だったが、撮影者はあの現着一番乗りの『諏訪幸平』となっていた。

それに気付いた瞬間、内藤の頭の中に、諏訪の事務所に貼ってあった『イカロスの墜落』の絵が浮かんだ。今まで思い出せなかったイカロスの歌の続きが流れた。

♪　赤く燃えたつ太陽に
ロウでかためた鳥の羽根
みるみるとけて舞い散った
翼奪われイカロスは
堕ちて生命《いのち》を失った……

——あの野郎、記者IDひとつでどこにでも立ち入れるからって、調子に乗りやがったんだ。防カメの位置をすべて把握してるからって、調子に乗って、あんな安物の四十五分タイマーなんか使いやがったんだ。あの野郎、馬場を殺した日にまで、おれんとこ夜回りに来やがったな。どうせバレやしないとでも調子に乗りやがったか。あの絵と同じ。調子に乗って空を飛び回り、太陽に近付き過ぎて翼が溶けて墜落した。あの野郎こそ、まるっきりイカロスそのものじゃねえか……。

犯人は千秋新聞記者、諏訪幸平。

記者には動機がない。高橋と同じ考えで、内藤は、まさかとは思いながらも今まで確信が持てなかった自分の推理を確信した。だが、まだ推測でしかない。内藤は高橋には何も言わず、急いで帳場のある空港署へと戻ることにした。

十四

捜査本部に戻った内藤は、千秋新聞の記者、諏訪幸平の実母、三沢幸子について調べ始めた。三沢幸子、旧姓諏訪幸子のデータは内藤がにらんだ通り、四十年前、空港反対派と警官隊が衝突した稲山事件の主犯、殺人罪で逮捕され獄死した三沢平治の妻として、県警のデータベースに残っていた。

「……死亡にはなってねえな。生きてるなら八十二歳か。住所は柴田町村山1192……」

内藤が四十年前に撮影された三沢幸子の写真を見つめていると、鑑識課の小島が帳場に現れた。

「内藤さん。内藤さんから預かったガラス片ですが、やっと分かりました」

「分かった？　モスキート機の現場に落ちてたやつか？」

「はい。あのガラス片、レンズはレンズとしてかなりの本数の眼鏡と照合してたのですが、どうも一致するものがなくて。で、他にエプロン内に持ち込まれるレンズって何だろうと思って整備士に聞いたところ、ルーペを使う整備士もごくまれにいるってことだったんです」

「じゃああれ、ルーペだったのか？」

「それがですね。整備士は工具を一つ使用するだけでも、いちいち記録しているんです。確かに、ルーペを持ち出した記録は残っていたのですが、開港以来、ルーペを紛失したといった記録は一切ありませんでした」

「何だよ。じゃあ、何が分かったってんだ？」

「結論を言うと、カメラです」

「カメラ……」

「正確にはスチールカメラのレンズです。レンズの強度と成分から、タムロン社製二百ミリレンズの破片でした。付近から検出された溶けたプラスチックも、型番までは分かりませんが、ニコン社製の一眼レフカメラの一部と成分で一致しました。レンズの傷の付き方と縁の溶解度合いと合わせると、カメラをエプロン上に落として割ったというのは考えづらく、爆弾の近くにあった、もしくはカメラそのものが爆弾になっていたと考えるのが自然です」

スチールカメラを持ってエプロンに自由に立ち入れる人間。防犯カメラの位置を知り尽くした人間。それは新聞記者しかいない。二百ミリなんて安物のレンズを使っている空港常駐記者は諏訪しか知らない。

内藤は窓の外を見た。閉鎖され車一台通らない空港内の道路を、夕日が真っ赤に染めていた。

「タカタカ、行くぞ」

「はい！」

帳場を出ようとする内藤たちを、武藤班長が呼び止めた。

「おい、内藤！　お前、防カメはどうした、防カメは！」

「防カメなんか終わり！　班長、きょう中にガサ状請求まで行けるかも知れないんで、判事待たせといてください！」

内藤は捜索差押許可状とは言ったが、その上の逮捕状の請求まで行けると確信していた。

空港署を出た内藤たちの車を、真っ赤な西日が真正面から照らしていた。


三沢幸子の住所に着くと、平屋建ての三軒長屋があった。この長屋は、闘争の沈静化が認められた十年ほど前に、空港会社が地元住民向けに提供したものだという。今でこそ事件のため航空機の運航が停止され静まり返っているが、ここは千秋空港を離着陸する航空機の飛行経路下、いわゆる騒音下にある。それを物語るように、すべての壁が補強され、窓が二重になっていた。

三軒とも表札がないが、人が住んでいる気配があるのは、真ん中の一軒だけだった。内藤たちは、その家のドアを叩いた。

「誰だい？」

中から老女らしきしわがれた声がした。

「県警の内藤と言います。三沢幸子さんですか？」

すると、ドアチェーンを外す音がして、ドアが開いた。

「そうだが、警察が今さら何だい？」

四十年前、反対派のリーダーを支えた三沢幸子は、歯もなければ腰も曲がり、完全に老い衰えていた。県警のデータベースにあった若々しい写真の面影は完全に消えていた。

「すでにご存知とは思いますが、空港であった爆破事件について、少しお話を伺えればと思いまして」

「そうかい。まあ、お入り」

警察を生涯の敵とみなして戦ってきた反対派のリーダーの妻だ。まさかドアが開くとは思っていなかった内藤だったが、さらに家の中にまで招き入れるとは考えてもいなかった。

玄関のドアを閉めると、外の音はまったく聞こえず、耳鳴りがするほどしいんとしていた。畳の居間には仏壇があり、父を殺した男、三沢平治の遺影があった。四十年前、反対闘争当時の写真で、鉢巻に『空港粉砕』の四文字が見えた。

「三沢さん、いえ、諏訪さんとお呼びした方がよろしいですか？」

「あたしは死ぬまで三沢の女だ。三沢でいいよ」

「そうですか。では三沢さん。仏壇に線香、あげさせていただいていいですか?」

「警察が線香あげてくれるのかい? あんたも偉くなったねえ」

幸子が目を丸くして驚き、遺影に向かって話し掛けた。それを見た内藤は高橋に目で合図し、高橋だけに線香をあげさせた。やはり、自分が線香をあげるのには抵抗があった。

チーンと、仏壇のおりんの音が部屋に響いた。

「ここは静かで良いですね」

こちらに向き直った高橋が言った。

「あんた、バカなこと言ってんじゃないよ。今は事件のおかげで静かなだけだ。いつもは飛行機が頭の上をバンバン飛んでんだ。うるさすぎて人も住まない地区だよ、ここは。タヌキすら住まねえんだからな」

そう言った幸子はちゃぶ台の前に座り、またも意外なことに、お茶を煎《い》れてくれた。まさか毒が入っているということもなかろうが、内藤は念のため、湯呑みに手を伸ばそうとした高橋の太ももをちゃぶ台の下で叩いて制した。

「それで三沢さん。例の空港での事件のことなんですが、三沢さんとしては犯人、心当たりはありますか？」

「心当たりったってあんたら、もううちだって、小橋《こばし》さんとこだって、みぃんなガサってるじゃないか。何も出てこなかっただろ？」

幸子は、公安部が主導した一斉捜索に対する文句を言った。小橋というのは、同じ反対派の地権者だ。

「いえ。ガサの話ではなくて、三沢さん個人にお伺いしてるんです。三沢さん。犯人、心当たりありますよね？」

「……ありゃあ、あたしら反対派農家は関係ないよ。ガサで何も出なかったのが証明してるだろう」

そう言った幸子は、自分で煎れ直したお茶をすすった。内藤はこの時、一瞬泳いだ幸子の目を見逃さなかった。

「三沢さん。三沢平治の妻だったあなたならまだ覚えているでしょう。五十年前、あなた方夫婦が初めて空港の建設計画を知った日の夜、あなた方夫婦が何を話したのかを」

「それがどうしたい？」

「その夜、あなた方夫婦は、『空港計画を断固粉砕せよ』だの、『絶対に農地を守り抜く』なんてことは話さなかったはずです」

「………」

言葉に詰まった幸子に対し、内藤は言葉を一つひとつ慎重に選びながら話を続けた。

「当時、この地区の住民はみんな、『国からの補償金で一生左うちわだ』と言っていたはずです。あなた方夫婦もそうだったのでしょう？」

「……そりゃあ、何も知らないあんたの想像だ」

再び幸子の目が泳いだのを見て、内藤は確信した。幸子は事件の真相を知っている、いや、知らないままでも何かに気付いている。

「私は当時を何も知らない若造ではありません。たった八軒のこの小さい集落で、内藤という名字を聞いて思い出しませんか？」

「内藤……？」

内藤の名前をあらためて聞き、少し考えた幸子は、

「あんたまさか……。反対運動にも参加しないで、真っ先にお上に畑供出して集落を出てった、あの内藤の息子かい？」

と言って、内藤の顔をまじまじと見た。

警察官だった内藤の父正一は内藤が生まれる直前まで、夫婦でこの集落に暮らしていたが、空港の建設計画が表沙汰になった当時、出産を控えた妻の体を第一に考え、先祖代々受け継いできたこの土

地を民営化する前の当時の空港公団に寄付した。幸子が言った通りだったが、内藤は幸子の質問には答えずに続けた。

「三沢さん。国を相手に戦って、誰か左うちわになりましたか？　今、本当に心の底から、あの運動をやって良かったと思っている農家は、たった一人でもいますか？『歴史に名前が残ったから良い』なんて思い込んで、無理やり自分を納得させてるんじゃありませんか？」

幸子は黙って聞き、お茶をすすった。

「あれからもう四十年です。当時、運動に参加したメンバーは全員、あの狂乱の時代のことを後悔しているはずだ。そうでしょう？」

「……確かにあんたの言う通りかも知れんがね、あたしはあの〝戦争〟で、夫を奪われたんだ。許せるもんじゃあない。空港なんてものがなかったら、あの人は死ぬことはなかったんだ……」

幸子が湯呑みを置き、静かに仏壇の夫の写真に視線を送った。

「三沢さん、いえ、諏訪さん。あなたには息子さんがいらっしゃいますね？　私より少し若い」

「息子？　いるけど、もう二十年は会ってないね」

「諏訪幸平。新聞記者ですね？」

仏壇に千秋新聞が二部、供えられているのが見えた。内藤は、間違いなく、二度の爆破事件があったそれぞれの日の紙面だろうと確信した。

「父親を失った息子は、夫を失って悲しみに暮れる母親を見て育ちます。そして、父の死を悲しむよりも、母の無念をいつか自分の手で晴らそうと考えるんです」

内藤は、夫を反対派に殺され、何年も喪服を着て悲しみに耐え続けた自分の母親の姿を、目の前にいる幸子の姿に重ねた。そして、諏訪幸平がこれまで、どんな思いで生きてきたのかを話しているつもりだったが、それは、どう話してみても、自分がこれまでに抱いてきた思いと重なった。だが、自分は諏訪幸平とは違う。内藤は刑事としての矜持《きょうじ》を保ち、話を続けた。

「諏訪幸子さん。あの事件はきっと、あなたの指示ではないでしょう。諏訪幸平。彼は自分の考えで、自分の思いで事件を起こしたんだと思います。ただそこには、あなたの『空港さえなければ夫は死ななかった』という無念と、夫を裏切った馬場雄一郎という男を許せないという思い。この二つが、彼を動かしたんだと思います。違いますか?」

幸子は目を閉じたまま、黙って聞いていた。

まだ逮捕状も出ていない男を、物証もないままここまで被疑者扱いするというのは、内藤にとって普段あり得ないやり方だった。が、止まらなかった。内藤は諏訪幸平こそが犯人であると確信していた。使われた爆弾はカメラ型。記者であれば金属探知機を無視してエプロンにカメラを持ち込めるし、何より諏訪は爆弾に使われたネパール製の腕時計を購入している。日々の取材で空港を隅々まで知る記者であれば、防犯カメラの位置も把握できる。さらに諏訪は、ここにいる三沢幸子の息子なのだ。ならば動機は。〝母の無念〟を知る内藤には、どうしてもそれが幸子にあるように思えてならなかった。

「幸子さん、お願いです。知っていることを話してください」

――反対派だろうが親の仇だろうが人の親だ。何か感じることぐらいあるはずだ……。

内藤が見つめると、幸子は長い沈黙の後、ゆっくりと目を開いた。そして、「そっちの若いの。あんたはちょっと、外に出ててくれるか」と静かに言って、高橋を長屋の外に追い出した。

「あの子が産まれたのは、夫が逮捕されてすぐだった。あの子はあの、団結小屋で産まれたんだ……」

内藤は正座に座り直して背筋を伸ばした。スーツの衣ずれの音だけが部屋に響いた。

「あの人がいなくなって、反対派は完全に全共総連に乗っ取られた。そこから反対運動はどんどん過激になってな。できたばっかの管制塔は占拠するわ、車を爆発させて公団幹部を殺すわ、あいつら、やりたい放題だった。あたしらはただの農民だ。公団のお偉いさんを殺すなんて、あたしら農民が考えるはずがなかろう」

内藤は、自分の父が殺され幸子の夫が逮捕された稲荷山事件を棚に上げて話す幸子に対し怒りが込み上げたが、唇をかみ、ひざの上で握った拳を震わせ耐えた。その拳に気付いた幸子がおもむろに座り直し、内藤に向き合った。

「……警官殺しだって同じだ。あの警官、あんたの親父さんだったんだろ？　あたしの夫、あの人はそんなことをするような人じゃない」

「何を今さら……。三沢平治が鉄パイプを振るったことは、司法もすでに認めてるだろう！」

この期に及んで保身に走るような発言をした幸子に対し、内藤は思わず語気を強めた。

「あたしももう長くない。内藤の息子のあんたにだけは、本当のことを教えてやるよ」

「本当のこと？　おれは県警の刑事だ。当時の捜査記録だって見ているし、裁判の判決文だって知っている。それ以外の別の真実があるとでも言うのか！」

「まあ落ち着け。稲荷山事件なんて、今みたいに上から一部始終、防犯カメラで撮られてたわけじゃねえ。あの混乱の中、誰が鉄パイプを振るったかなんて、当時は証言一つでどうとでもなったんだ。確かなことは、あの人は鉄パイプは振るってねえ。あの事件だけじゃねえ。反対派の長に祭り上げられて以来、あの人は火炎瓶一つ投げたことはねえし、クワだって鉄パイプだって、何一つ武器を振るったことなんかなかったんだ。警官殺しは重罪だ。あの人はな、組織の代表としてその責任を受け入れた。そういう人だったんだ。だから稲荷山では、『自分がやった』と言って、仲間をかばったんだ」

「かばったって、誰を……」

「馬場だよ」

「馬場？」

公式記録にはどこにもそんな話は残っていない。内藤は馬場の名前を聞き耳を疑った。

「あの日の事件はすべて、馬場から始まったんだ。あたしらが警官隊と対峙した時に、馬場が叫んだんだ。『あの警官、内藤だ。あそこに裏切り者の内藤がいるぞ』ってな。それで火炎瓶を投げて、『燃えてるのが内藤だ。裏切り者を殺せ』と叫んだ。それが合図となったんだ。その後はめちゃくちゃだ。あたしらも警官隊も必死だったからな」

「じゃあ、その混乱の中で、親父に致命傷を与えたのが誰かなんて、実際には分からなかったってことじゃないか……」

「いいや、違う。あたしはあの混乱の中、執拗《しつよう》にあんたの親父さんに鉄パイプを振り下ろす馬場を見た。はっきりと見たよ。あの若造の喜悦が交じった狂気の目。あれは、自分以外の人間はすべて物か何かだと思っているような目だ。あたしはあの目を、一生忘れられんよ……」

「そんな……。だったら幸子さん。あなたがそれを法廷で証言すれば良かったじゃないか」

「だから先刻言ったろ？　夫はあたしの言うことなんか聞かん。すべての責任は自分が取るの一点張りだったんだから。妻であるあたしはそれに従うのが当然だ」

「じゃ、じゃあ、その事実を諏訪……、いえ、あなたの息子は……」

「あの子には話してない。先刻も言ったように、あたしはあの人の妻だ。夫が決めたことにはどこまでも従うのが妻だ。この話だって、あたしは墓場まで持っていくつもりだったんだ。でもなんでだろうな。あんたの目を見てたら、つい話しちまった……」

そう言うと幸子は、仏壇の夫の写真に向かって優しく微笑みかけた。

風が変わったような気がした。

内藤の経験では、これが取り調べなら、幸子はおそらく〝完落ち〟している状態に近い可能性がある。四十年という月日がそうさせたのかも知れない。すべてを話そうと幸子に思わせた四十年間の孤独。それを計り知ることができなかった内藤が次の言葉を探していると、幸子が話を続けた。

「大体、あの人はあの時、馬場なんて下っ端の顔も名前も知らなかったんだ。ただ、組織の代表として、警官を殺した責任を取りたかったんだ。そもそも馬場は、この辺の集落出身じゃないしな」

「集落出身じゃない？」

「柴田町の外れも外れだ、騒音下でも何でもない。当時は、何で馬場があの闘争に参加したのか、まったく分からなかったんだが、その後の馬場を見てりゃあ分かる。闘争と騒音下の住民を食い物に町長になって、空港を食い物に交付金を巻き上げて贅《ぜい》の限りを尽くした、ただの強欲なハゲタカだよ」

幸子は父殺害の完全なる実行犯は馬場だとはっきり証言した。この四十年間、信じてきたものは何だったのか。かと言って幸子は父殺しの主犯の妻だ、話をどこまで信じて良いのかは分からないという思いもまだある。内藤が気持ちの整理をつけられずにいると、幸子は遠い目をしながら、さらに話を続けた。

「……あたしも幸平の出産があったから、あの事件の後、本当は組織を抜けたかったんだ。だがな、夫が捕まっちまったんだ。夫がいなけりゃ農業もできねえ。そもそも、あの反対運動で畑はめちゃくちゃだ。金がなきゃ暮らしていけねえだろ？　だからな、組織も抜けられねえまま、あの組織ん中で、幸平を育てるしかなかったんだ。組織にはいろんなところから支援金が集まってたからミルク代には困らなかったが、夫とは結局、死ぬまで面会させてもらえなかった。夫が組織に指示を出す可能性があるとか言われてな。一度ぐらい、夫には幸平の顔を見せてやりたかったんだがな……」

息子のことを話す幸子の目は活動家ではなく、一人の母親の目に戻っているように見えた。

「父親の顔も知らなけりゃ、川でザリガニ獲ったり、山でトンボ追ったりもできずに育ったんだ。あの子には本当にかわいそうなことをしたよ……」

「そして、彼は成長するにつれ、父親が逮捕された事件を知り、やがて、一度も抱かれたことのない父親の訃報に触れたと……」

内藤は、当時の諏訪幸平の境遇に思いを寄せた。

「あの子が高三になったころだ。あの人も心筋梗塞《こうそく》だったってんだから、さぞ刑務所も寒かったんだろう。それでやっと遺体が帰ってきて、団結小屋で小さな葬式をやったんだ。あの子はそこで初めて、自分の父親と対面してな。涙一つ流さなかったよ、あの子は」

「泣かなかった……」

「そこにあの、裏切り者の馬場の野郎が香典持って来やがってな。偉そうに町長になって、SP三人も付けて。あの子はその馬場に香典を叩き返して殴りかかったんだよ。『この裏切り者が！』ってな。SPに止められたけど、あの子は一発だけぶち込んだんだ。あの時はうれしかったねえ……」

――あの諏訪幸平が……。そんなことが……。

内藤は幸子の話に聞き入った。

「その日の夜だ。泣き続けてもう涙も枯《か》れてたあたしに、あの子は言ったんだ。『母さんの無念はおれが晴らす』って。あたしは言ったんだ。『もういい。あんたが馬場を殴ってくれた。もう、それで十分だ』ってな。それでもあの子、まったく聞かなくてな」

「それで、どうしたんですか？」

「それで、あの子はその日に団結小屋を出て行ったんだ。香典を全部持ってな。それっきり、団結小屋にも、この公団が和解の証だと言ってタダ同然で貸してくれた長屋にも、一切足を踏み入れなくなった」

「でも、正月ぐらいは帰って来たんでしょう?」

「いや。盆も正月も帰って来なかった。会ったのはたった一回、あの子が二十歳《はたち》になった年の夫の命日だ。その時にはあの子、名字があたしの『諏訪』に変わってたんだ。地元で『三沢』じゃどこにも相手にされない、殺人犯の息子じゃどこにも就職できないってんで、裁判所に認めてもらってな。実際、高卒で空港関係の仕事に就こうとして断られてたんだよ。大学生になってたあの子は、それでも夫の墓の前で言ったんだ。『絶対に父さんの仇を討って、母さんの無念を晴らす』ってな」

「それで、どうやって晴らそうとしたんですか?」

「いくら名字を変えたって、あたしら反対派が空港に入れるわけないし、柴田町の職員にもなれるわけがないだろ? 経歴から何から全部調べられちまうんだから」

「他に、空港に自由に入ることができて、要人にも簡単に近付ける職業があるとすれば、それは新聞記者というわけですか」

「あたしは、あの子がそこまで考えてるとは知らなかった。新聞で初めてあの子の書いた署名記事を見つけた時はたまげたよ。記者先生なんて、超一流大学を出たエリートしかなれないもんだろ？　まさかその記者先生になっていたなんて。試験を受けたところで、あの子の大学じゃあ、どうせ足切りされて終わりのはずなんだが、あの子、優秀だったんだろうな。千秋新聞に入れたんだから」

諏訪幸平の出身大学を知った時、高橋も似たようなことを言っていたが、確かに内藤の周りの友人・知人でも、新聞を読む人は少なくなっている。電車に乗ってもみんなスマートフォンをいじっていて、昔のように新聞を読んでいる客はすっかり見なくなった。諏訪が優秀かどうかは分からないが、業界に人気がなくなれば、そこに採用される人材の質も落ちていくのは必然だから、応募が少なかったとか別の理由があるのかも知れない。

「仏壇の新聞、二部ありますね。一部は最初の事件があった日、もう一部は馬場が殺された日ですね？」

「あんたの言う通りだ。あの子は、とうとうやり遂げた。新聞を見て、あたしはそう思ったよ。だがな、刑事さん。あたしが今まで話したことは、全部あたしの想像だ。あの子が犯人かどうかも知らねえし、あたしは何の証拠も持ってねえ。たとえ法廷に引っ張り出されても、何の証言もできねえ。犯行計画なんて何も知らねえんだから。第一、まだあの子を逮捕してないところを見ると、あんたら、まだなんも証拠をつかんでねえんだろう？」

確かに幸子の言う通りだったが、内藤はそれには答えなかった。

「あの子は頭の良い子だ。まあ、せいぜい頑張りな」

幸子が不敵に笑った。

事件に関しては、内藤が今まで思い描いてきた絵図がすべてつながった。確かに、事件と諏訪幸平をつなげる確たる物証はまだないが、今までのように膨大な時間を浪費する無作為な捜査から、諏訪幸平を本ボシに据えた捜査に切り替えられる。関係先をガサれば、証拠などすぐに見つかる。この話を基に、諏訪幸平を任意で引っ張って叩いても良い。自白こそ証拠の王だという考え方だってある。

そう考えた内藤は、最後に幸子に向かって、あらためて、

「三沢さん。今、あなたは、あの反対運動をやって良かったと思っていますか？」

と聞いた。

幸子の顔から、不敵な笑みが消えた。幸子は何も言わずに、ただ一心に仏壇の夫の遺影を見つめていた。

幸子のこの四十年は、後悔の上に後悔を重ねたような四十年だったに違いない。ここまで話してくれたのも、幸子はもしかしたら、仲間をかばって逮捕された夫の真実を誰かに知ってもらいたかったのかも知れない。八十二歳という老い先の短さも考えたのだろう。そう思うと、幸子の表情はどこか満足げにも見えた。

それが分かった内藤は、幸子をそのままにして、黙って長屋を後にした。

十五

「それで、どうだった？　ガサ状請求するか？」

帳場に戻った内藤を、武藤班長が出迎えた。

「はい。三つの事件は同一単独犯。本ボシは、諏訪幸平、四十歳。職業は……、千秋新聞の記者。至急、捜査会議の召集を願います」

会議はすぐに招集され、内藤は捜査幹部を前に、爆弾にスチールカメラが使われた可能性や、時限式爆弾に使われたネパール製腕時計の購入履歴、幸子から聞いた話から、犯行動機は組織の裏切り者を誅《ちゅう》すことだったとすべて報告した。その上で明朝八時、諏訪幸平を任意で引っ張り、同時に関係先を一斉捜索して、その証拠をもとに逮捕状を請求する。諏訪に証拠を突きつけ犯行を認めさせた上で逮捕すべしと進言した。

会議はそれで解散し、その場にいた捜査員は一丸となって諏訪幸平の逮捕に向け真っ直ぐに進んでいくと思われた時、坂口刑事部長が口を開いた。

「内藤。事はそう簡単じゃない。相手はマスコミだ。お前の言うやり方は確かに常套《じょうとう》手段だが、今回は無理だ。逮捕前にガサはできん」

「私ならヤツを叩いて落としてみせます。やらせてください」

「まあ待て。諏訪は高校生のころに犯行を計画して二十年以上かけたんだろう？　それだけ執念深い諏訪だ、叩いたところで簡単に『はいそうでした』とは認めんだろう。ここまで証拠が見つかっていないところを見ると、ヤツは周到に証拠を隠滅しているということだ。ガサにも期待ができん。ガサって証拠が見つかりませんでした、ヤツも自白しませんでした、なんてことになれば、マスコミのヤツらにどれだけ叩かれるか分からん。そうだろう。公安、どう思う？」

坂口刑事部長に促された公安部の大木《おおき》管理官が、手元の資料を見ながら、

「諏訪幸平という名前は、反対派の馬場派、旧三沢派、全共総連はじめどの過激派組織にも記載がありません」

とだけ発言した。マスコミうんぬんに対しての意見どころか、事件の全容に対する所感すら述べずに逃げた格好だ。

「それは先程も話しました通り、諏訪は高校生の時に団結小屋を出ていますので……」

内藤がそう言いかけると、坂口刑事部長はその発言を遮《さえぎ》り、

「まずは物証だ。物証を上げろ。逮捕はそれから。ガサは逮捕と当時に行う。以上」

と、一方的に宣言して席を立った。ここまで分かっているのに、まだ動かないのか。諏訪はマスコミなんかじゃない、爆弾テロの実行犯であり殺人者だ。そんなヤツを、いつまでも野放しにしていて良いはずがない。その上、この刑事部長だ。どんな証拠を集めろとか具体的な指示は出さず、ただ「物証を上げろ」だ。野球選手に「ホームランを打て」、「完封しろ」というサインを出すだけの監督なら、猿でもできる。武藤班長も木村一課長も、会議ではただの一言も発言しなかった。

「何ものにもとらわれず、何ものをも恐れず、何ものをも憎まず、良心のみに従い、不偏不党かつ公正中立に警察職務の遂行に当たることを固く誓います……」

幹部が出ていき残された会議室で、内藤は小さく、警察学校時代にした宣誓をつぶやいた。

「……先輩、どうしました？」

それを隣で聞いていた高橋が心配そうに問い掛けた。

「いや、ふと思い出してな……」

――上司の発言にとらわれ、人事で今の地位を失うことを恐れ、罪を憎まぬこの上司たちに、良心はあるのか。こうなれば、自分一人ででも、必ず物証を見つけてやる。ホームランを打てと言うなら打ってやる。だが、そのホームランは、お前たち上司のために打つんじゃない。殺人犯を逮捕して、社会正義を実現するためだ……。

　内藤は心の中でそっと誓い、高橋を連れて会議室を出た。


　物証でまず思い付くのは、爆発現場から見つかった一眼レフのスチールカメラだ。と言っても、見つかったのは小さなレンズ片と溶けたプラスチックだけ。爆発事案捜査の難しいところはここで、爆発による高熱と衝撃で、犯人の指紋はおろか、毛髪や足跡なども一気にすべて吹き飛ばしてしまう。鑑識はまだ、カメラ型爆弾とは断定していないが、慎重になるにも程がある。どこの世界に、航空機の主脚にカメラを置き忘れる人間がいるというのか。記者が最も警戒されずにエプロン内に持ち込めるのはカメラだ。カメラ型爆弾に間違いない。

　翌朝から、内藤はまず、エプロンや制限エリアの入退場記録を基に、諏訪が実際に出入りした時間の防犯カメラ映像を集めた。ＩＤの提示が必要なゲートには必ず防犯カメラがある。これをすべて確認すれば、諏訪がカメラを二つ持って入場した場面があるはずだ。

　すると、モスキート機爆破当日の朝、諏訪の姿はすぐに確認できた。諏訪は、金川新聞の斉藤記者と連れ立って、制限エリア内の免税店に納品する業者が使う納品口に現れた。諏訪は先頭に立って、一眼レフカメラ三台を係員に預けて金属探知機を通過した。その後に、手ぶらの斉藤が続いて通過した。係員は、二人のＩＤと顔写真、三台のカメラに貼り付けてあった「事前検査済」のシールを確認し、三台まとめて諏訪に返却した。

「先輩、これじゃ、どっちがカメラ二個持ちか分かりませんね」

一緒に映像をチェックしていた高橋が、難しそうな顔をした。

「ああ……。あの野郎、斉藤先輩の分もおれがやっておきましたよってことか……」

この後に諏訪が確認できたのは、ウラジオストク線の新規就航式典が行われた搭乗口前の防犯カメラだったが、会場は初便の乗客と式典関係者であふれ返り、諏訪がカメラをいくつ持っているかが確認できなかった。式典が終わると、諏訪は群衆にまぎれて姿を消していて、退場はモスキート機爆破後、納品口ではなく、当日に内藤たちが使った空港会社脇のゲートだった。その時、持っていたカメラは明らかに一台だけだった。

「でも先輩、これなら斉藤に聞けば一発じゃないっすか？　斉藤が『自分のカメラは一台だけだった』って証言すればいいんだし」

「その前に斉藤の退場だろ？　斉藤記者のＩＤ照会」

指示を受けた高橋はすぐに空港会社に連絡し、斉藤の入退場記録を取り寄せた。すぐに退場時の防犯カメラ映像を確認すると、カメラはやはり一台だけだった。

「間違いないっすよ。諏訪で決まりです」

「バカ。これだけじゃまだ、斉藤がエプロン内にカメラを置いてきたって可能性もあるだろう。これで決まりだなんて言ったら、また上にどやされるぞ」

「じゃあ、北方中国機の日の方に映ってるかも……」

「まあ、そっちも当然確認はするが、空港再開当日の取材名目での入場だ。きっと、同じことやってるだろうな。しかも、諏訪は空港常駐記者だ、防犯カメラの位置を熟知してる。どっかでボロを出してくれてりゃあいいが……」

内藤はそう思って、北方中国機の防カメ捜査を後回しにしようとした。

「やっぱり、斉藤に聞くのが一番ですって。諏訪がカメラ二台持ちだったたって聞ければ、即逮捕なんですから」

高橋がしきりに斉藤への聴取を主張した。カギは斉藤が握っている。内藤もそう思うが、その前にまだ確認したいことがあった。

「タカタカ。お前、一応、入管に諏訪の渡航歴を聞いといてくれ」

「渡航歴っすか？　それって何か、事件と関係があるんすか？」

「関係がなきゃ調べとけなんて言わんよ。おれはちょっと、空港会社に行ってくる。渡航歴、頼んだぞ」

ここから先は、将棋で言えば〝詰めろ〟だ。まずはいかにあのやる気のない上司たちを納得させ、札、逮捕状の請求まで持っていくか。いかに諏訪の動きを抑え、諏訪に疑われていると悟らせず、どのタイミングで逮捕まで持っていくか。そして、相手はマスコミだ。警察に話を聞かれた斉藤に『千秋新聞記者を逮捕へ』などと前打ち記事を書かれた日には、諏訪に逃げてくださいと言っているようなものになってしまう。どこか一つでも手順を間違えたら、この事件はどこか別の方向へ転がって行ってしまうかも知れない。内藤は慎重の上にも慎重を重ねて行こうと、気を引き締めた。

翌日、内藤は空港会社広報部の高木《たかぎ》という社員に協力してもらい、二回目の北方中国機爆破の日の諏訪の足取りを実際に追って確認することにした。ほぼ同時刻に行われた航空機爆破と町長殺害が複数犯による犯行であればその必要はないのだが、内藤は、諏訪に協力者ぐらいはいるかも知れないが、二十年以上前から犯行を計画していた執念深さから考えれば、基本的には単独犯なのではないか、と考えていた。だから、単独でも犯行が可能なのかどうかを立証する必要があった。

ネパール製腕時計のタイマーは四十五分。時限式爆弾が爆発したのは午後三時だったから、内藤はまず、爆弾のタイマーのスイッチを押したと思われる午後二時十五分の同じ時間に、八十三番スポットの駐機スペースに行った。内藤は腕時計をチェックしながら、二時十五分ちょうどになった瞬間、

「はい、行きましょう」

と言って、高木と一緒に急いでターミナル地下の報道機関用の駐車場に向かった。広報部の社員が選んだ最速のルートは、以前、金川新聞の斉藤記者に教えてもらったものと同じだった。バスゲートからターミナルに入り、いくつかの階段を昇ったり駆け降りたりして駐車場にたどり着き、事前に駐車しておいた広報部の車両に乗り込んだ。実験に捜査車両を使っては怪しまれるので、車も空港会社のロゴ入りのものを用意してもらった。息を切らしながら腕時計を見ると、針は午後二時五十分を指していた。

「はあ……、はあ……。ちょっと厳しいかな……」

高木を助手席に乗せたまま、内藤は柴田町役場に向け車を走らせた。空港からの最短ルートを選んだ。航空貨物を積んだトラックは多少いたが、そういう場所は片側二車線で問題はなく、概ね道は空いていた。空港を出た直後、Nシステムを見つけた。あのデータを使えば、諏訪の車の出入りもすぐに押さえられるだろう。そう思った瞬間、内藤は、それもおれがやるのか……と嫌気が差したが、思い直して首を振り、前を向いた。

柴田町役場の到着は午後三時五分だった。県道で馬場町長の車が爆破されたのが午後三時四十五分だったから、ここには午後三時に到着して爆弾のスイッチを入れなければならない。

「……五分か。あと五分早く着けるルートなんてないですよね？」

内藤は高木に聞いたが、高木からは、

「ルートは、今来たのが間違いなく最短です」

と、予想通りの答えが返ってきた。

「八十三番スポットから駐車場までも、あれより早いルートってないですよね……」

「そうですね。あのルートは、報道の皆さんも使ってますので、最短最速で間違いないです。あ、でも……」

「でも、何ですか？」

「あ、はい。実はですね、オペセンの裏にも報道用の駐車場があるんですよ」

「オペセン？」

「あ、すいません。オペレーションセンターってのがターミナルの南にあるんです。空港で何かあった時にテレビの中継車なんかが入る駐車場なんですが、地上の平置きですから、あそこを使えば、もしかしたらもっと早く着くかも知れません」

「なるほど……。高木さん。申し訳ないんですが、あすもう一度、同じ時間に検証にお付き合いいただいてよろしいですか？」

「あすですか。別に構いませんが、きょうこれからでも構いませんよ?」

「すいません。道路の混み具合とかもあるので、同じ時間で検証したいんですよ。ではあす、そのオペセンの裏ってところにこの車を停めておいてもらえますか?」

「はい、分かりました」

翌日の検証は大成功だった。平置きの駐車場は地下を経由しない分、八十三番スポットからも早く到着し、空港を出るのもスムーズだった。柴田町役場の公用車駐車場にも午後二時五十五分に着き、Nシステムで確認した諏訪の車の出入りとも完全に一致した。午後三時に爆弾のスイッチを押して同じ平置きの駐車場に戻り、再び八十三番スポットに向かうと午後三時二十分だった。諏訪は二機目爆破も取材をしていた。諏訪が特オチしたあの写真。新聞に掲載された消火作業風景が撮影された時間も、『午後三時二十分ごろ』と書かれていた。この時間には、爆発直後に報道用に確保した撮影場所は、安全面から少し離れた場所に変更されていたことも分かっている。諏訪は、変更後の撮影場所しか使えなかったのだ。諏訪はその後、空港内の喧騒《けんそう》を取材して記事を執筆し、日付が変わる頃、内藤の官舎まで夜回りに来た。いずれも十分に可能な時間だった。

高橋の方も収穫があった。後回しにしていた二機目の爆破当日の防犯カメラ映像を調べたところ、諏訪は前回同様、斉藤と一緒に入場していたが、退場記録はオペセン裏の税関職員専用のゲートになっていて、映像でカメラを一台しか持っていなかったことも確認できた。

諏訪の渡航歴も一機目の事件の一週間前、ネパールのカトマンズに二泊三日で滞在していたことが分かった。高橋が調べてみると、諏訪は柴田町の公式訪問団の同行取材をしていた。高橋は諏訪がこれまでに書いた記事をすべてまとめていて、その中から、ネパールから帰国後、その訪問団の親善交流の様子を扱った記事も見つかった。記事を読むと、訪問団の団長は馬場町長となっていた。高橋はさらに機転を利かせ、得意の英語で現地での例の腕時計の販売履歴を調べ上げた。すると、諏訪はカトマンズに到着した直後、トリブバン国際空港内の売店で腕時計を一個購入していたことが分かった。これで、諏訪が手にしたネパール製腕時計が三個そろった。

十六

馬場を殺した動機は、母親の無念を晴らすため。爆弾はカメラ型で、記者ならば自由にエプロンへと持ち込めた。爆弾に使われたネパール製腕時計と同じものを購入していた。状況はすべてが犯人は諏訪だと語っているが、マスコミを挙げるとなると、これだけでは足りない。実際に爆弾を仕掛けた瞬間の防犯カメラ映像がない上、爆弾に使用された部品からは、指紋一つ見つかっていない。

――諏訪の野郎、そういや金属アレルギーだったな……。

深夜、誰もいなくなった捜査本部で、内藤は一機目の事件後、官舎に夜回りに来た諏訪が、手袋をしたまま自分のデジタルカメラを見せてくれた時のことを思い出した。

「あと一つ、あと一つなんだ。あと一つ、何か諏訪と事件をつなげる証拠さえ見つけられれば……」

内藤は、これまでに集められた膨大な捜査資料を必死で漁《あさ》り尽くした。

空が白みはじめた頃、空港署の当直が会議室に来て、「今朝の新聞です」と言って、朝刊各紙をドサッと置いていった。

「もうそんな時間か……」

内藤は知らない間に徹夜をしてしまったことに後悔しながらも、朝刊各紙を一面、県版、社会面と順番にチェックした。各紙とも事件の続報を掲載してはいるが、空港の運用再開を判断した政府を批判する記事や、再び滑走路を閉鎖する事態となったことに対する責任の所在、過去の反対派の活動を回顧する無理やり作ったような記事などが載っているばかりで、そのどれもに新しいネタはなかった。

――公安も何も話してねえか……。

何を捜査しているのか分からない公安とテロ特の捜査情報が、夜回りに来た記者に漏れているかとも期待したが、それも一切なかった。

内藤はひと息つこうと、帳場のポットのある場所に行きインスタントコーヒーを作った。ひと口すると、熱いコーヒーが胃にしみ渡った。

少し休もうと、内藤は自席に戻ってイスに体を投げ出した。机の上の資料の山に足を上げた。目を閉じようとした瞬間、足の下の新聞の束が目に入った。それは、高橋が集めてくれた、過去に諏訪が署名で書いた記事が載った新聞だった。

内藤は、せっかく高橋が集めてくれた記事をまだチェックしていなかったことに気付き、一応、見てみようと体を起こした。

高橋は、諏訪の記事を丁寧に蛍光ペンで囲っていた。数えて見ると、諏訪の署名記事は空港総局長就任後だけで十本あった。千秋新聞は、事件・事故や通常のイベント、行政情報などはすべて署名がなく、連載企画や特集記事のような大きな記事だけを記者の署名で載せていた。

『千秋の観光遺産』、『千秋うまいものめぐり』、『キラリ☆千秋人』、『県内選挙展望』……。日付をさかのぼって順番に確認していくと、千秋新聞の記者たちが持ち回りで連載している企画記事の末尾に、『空港総局長・諏訪幸平』の名前があった。そのどれもが、今回の事件とはまったく関係のなさそうな軟派記事だった。ほかに、事件・事故などの掲載写真の説明文のところに署名があるものが数点あったが、高速道路での交通事故や民家火災、街なかに逃げ込んだ野生の猿を撮影した写真などで、まったく今回の事件の参考になりそうなものはなかった。

――タカタカよ……。これをおれにどうしろと……。

内藤は、若い高橋の仕事ぶりに頭を抱えた。最近では、役に立たない仕事を上司が叱りつけただけで、若手から「役に立たない仕事を命じられたのはパワハラだ」などと訴えられると聞く。

――犬じゃあるめえし、これでも「よくやった」って褒めにゃならんのかよ……。

そう考えながら次々と新聞を放っていった内藤は、一応、諏訪が空港総局長就任後、一番最初に書いた署名記事は何だったのかぐらいは見ようと、間を飛ばして日付の最も古い新聞を開いた。

『千秋のパワフル企業』。

やはり記者持ち回りの連載企画だった。

――何だこりゃ。これ、新聞記事なのか？　ほとんど企業広告じゃねえか。もしかして、カネもらって書いてんじゃねえのか……？

『空港廃棄物を迅速処理』、『時代のニーズに的確対応』。見出しだけを見て、内藤はそう判断したが、高橋に「あのパワフル企業の記事読んだよ、ありがとう」ぐらいは言わなければならないかとも考え、我慢して記事を読み進めた。

会社はどうやら、空港近くの柴田町内にある空港を取引相手とする産業廃棄物処理業者で、『ハマー』と言うらしい。掲載された写真では、ピカピカに洗車された廃棄物運搬用トラックの前で、力士のような巨漢の代表が笑顔を見せていた。名前は浜恵太《はまけいた》というらしい。記事は六百字ほどで、途中、読み飛ばしながら進めていくと、空港関連施設から出る一般廃棄物の収集運搬から焼却までを一手に引き受け、売り上げは好調だというようなことが書いてあった。

——へえ……、こんな会社があるんだな……。

内藤はそう思っただけで新聞を放り投げようとすると、ふと、記事の中にあった、読むのが面倒で読み飛ばした単語が頭に引っ掛かった。

『航空機用酸素ガス圧力容器封板せん孔器』

あらためて読み直してみると、ハマーの取り扱い品目の一つと書かれていた。

——航空機用？　どういう部品だ、これ……？

パソコンを立ち上げて調べてみると、『航空機用酸素ガス圧力容器封板せん孔器』は、飛行機の天井から酸素マスクが落ちてくる時に使う部品だと分かった。

——あれって、酸素ガスで爆発させてんのか？　酸素ガス……。だとすると、引火させるのに火薬を使ってるってこともあるんじゃ……。

取材とはいえ、諏訪と接触したことのある人間の中に、火薬という文字が初めて出てきた。

当たってみる価値は十分にある。内藤は壁の時計を見た。午前六時を少し回ったところだった。

このネタは高橋のファインプレーになるかも知れないと思った内藤は、高橋が出勤して来るまでの間、少し体を休ませようと、事務イスを並べて横になり仮眠をとった。


内藤と高橋はその日から三日間、ハマーの内偵捜査に入った。登記された会社の住所に行ってみると、そこは騒音下の森林の中に隠れるようにある、周囲を鉄板に囲まれたヤードだった。中には無数の空港関連廃棄物が山と積まれ、会社事務所だろうか、二階建てのプレハブがあるだけ。どう見ても、新聞で紹介されるような会社ではなかった。

「先輩。諏訪の記事だと、ゴミの焼却までしてるって書いてありますが、ここって、どう見ても焼却施設なんかないっすよね?」

何とかヤードの出入り口が見える獣道のようなところに隠した車の中で、運転席の高橋が言った。

「ああ。まともな会社じゃなさそうだな」

「あの収集車だけ見れば、まともな会社かと思いますよね?」

「上っ面だけキレイに整える。犯罪者の典型かも知れん」

ゴミ収集車はどうやら二台保有しているらしい。出入りする車両は記事の写真と同じで、ヤードにそぐわない現代的なピカピカの塗装が施されていた。

するとゴミ収集車以上にヤードにそぐわない、ピカピカの超高級セダンがヤードに乗り入れて来た。

「来た。浜だ」

運転席に、誰とも見間違えることはない、新聞と同じ、百五十キロはありそうな巨漢の浜の姿が確認できた。

「先輩。あの車、一千万円以上はしますよ。随分、羽振りいいっすね」

「かなり稼いでるようだな。しかし、焼却施設もないのに、回収したゴミをどうしてやがる……」

「ヤードの中に積んでるんじゃないんすか?」

「いや、それにしてはあの量は少なすぎる。不法投棄で荒稼ぎしてるのかも知れん」

「じゃあ先輩、今度収集車が出てきたら、それ尾《つ》けてみましょうか?」

「そうだな……」

内藤がヤードの入り口から視線を離さず、高橋の提案に応じようとすると、今度は郵便局の軽トラックがヤードに入っていくのが見えた。

「郵便局か……」

郵便物を届けに来ただけならすぐに出てくると思っていた軽トラックは、かなりの時間が経ってからヤードを出てきた。

「ただの積み込みか……。まあまず三日だ、タカタカ。本当なら一週間は張り込みたいとこだが、三日は様子を見て、ヤツらの動向を把握した方がいい。不法投棄の現場を押さえるのはそれからだ」

「そうっすか。分かりました。つい怪しいと、すぐに動きたくなっちゃうんすよね」

「そりゃあ、誰だってそうだ。だが、今回はタカタカが見つけてくれた新聞記事のおかげで、あの浜ってヤツをパクれそうなんだ。慎重に行こう」

初めて高橋の手柄となりそうな事件になるかも知れないと感じていた内藤は、そう言って少しだけ高橋を褒めた。若い高橋もそれを理解したようで、不満な顔は見せなかった。

三日間の張り込み中、郵便局の軽トラックは初日だけでなく三日目にも現れた。

「また郵便局か」

「おといも来たばかりですからね。何か、ネットでもやってんすかね、アイツ」

軽トラックは、やはり初日と同じようにかなりの時間が経ってからヤードを出てきた。

「ネット……？　いや、まさか……。おい！　タカタカ！　あの軽トラ、追っ掛けて止めろ！」

何かを思いついた内藤は、高橋にすぐに車を出すよう言った。

「あ、はい！　分かりました！」

高橋がすぐにエンジンキーを回し、捜査車両のアクセルを踏んだ。内藤たちは、ヤードからかなり離れるまで郵便局の軽トラックを追い、人目につかない空き地で停止させた。

いきなり車の停止を求められた郵便局員はかなり困惑していたが、警察だと名乗り荷台を確認すると、ハマーが送り主となった大量の段ボールが積み込まれていた。品目はすべて『航空部品』となっていて、送り先はどれも法人や団体などではなく、すべて違う個人宅宛になっていた。

「タカタカ！　お手柄だぞ！」

十七

県警は、産廃処理業者「ハマー」の浜恵太を、廃棄物処理法違反容疑で逮捕した。

浜は空港から集めた航空関連の消耗品などの部品をゴミとして集め、それを闇サイトを使って航空マニアに違法に販売していた。売り物にならないゴミはすべて県外に不法投棄されていたことも判明した。従業員はオーバーステイの外国人ばかりだったので、入管難民法違反容疑も加えられた。これだけでも、高橋の立派な初手柄となった。

だが、内藤にはあくまで別の狙いがあった。

『航空機用酸素ガス圧力容器封板せん孔器』

この部品から回収した火薬の行方だ。この事件は、単なる不法投棄ではない。一課事件だ。内藤は、不法投棄を調べる生活経済課には浜の身柄を渡さず、帳場のある空港署で浜を叩《たた》くことにした。

短髪の金髪に会社代表だというのにTシャツ短パン姿、首に太い金のネックレス、腕には超高級腕時計をした浜が、取調室のイスにふんぞり返って座っていた。

「浜恵太だな。一課から聞きたいことがある」

内藤はこれ以上ないほどドスを効かせて〝一課〟を強調した。

「一課っすか？　どうして一課が……」

浜は一課と聞き、一瞬で震え上がった。

「一課が知りたいのはなあ、てめえが回収した酸素マスクの中身だ」

「酸素マスク？」

「飛行機の天井から落ちてくるヤツに決まってるだろう！」

内藤が机をダンっとたたくと、浜は「ひぃぃ」と言って、ふんぞり返ったままの巨体を引くようにした。巨体は見せかけ。中身は小心者で、これまでずっと、巨体と同じように、虚勢だけを張って生きてきたような男なのだろう。ふんぞり返って座っていたのも、別に強がって動じない素振りを見せたかったわけではなく、ただ単に巨体すぎて背中を丸めて座れなかっただけだった。

「てめえ、外身はネットで転売してやがったとして、中身の火薬はどうした！」

内藤がもう一度机をたたくと、浜はまた「ひぃぃ」と叫び、

「は、話します、話します」

と、あっという間に観念した。

一課の取り調べとなれば勾留延長は必至だ。裏社会を主戦場としている浜が知らないはずはない。浜はすぐに頭の中で計算し、こんな厳しい取り調べが最低二十日間も続くことを恐れた。

「お前だな、諏訪に火薬を横流ししたのは」

内藤はいきなり、〝本件〟を突きつけた。

「は、はい、私です」

電光石火。浜は一分と持たず、諏訪に火薬を横流ししていたことをあっさりと認めた。聞く側としてはこれ以上楽なことはないのだが、その一方で内藤は、目の前で怯《おび》える浜に対して、「見た目通り、骨のねえヤツだな」とも思った。

するとは浜は、〝吐いて〟楽になったのか、

「す、諏訪って、千秋新聞の人ですよね？」

と聞き返してきた。

「てめえ！　今横流しを認めたってのに、もう聞き返してくるって、どういうことだ！」

内藤が三度《みたび》机をたたくと、「ひぃぃ」と言った浜は、

「す、すいません、すいません」

と、ひたすら頭を下げて謝り続けた。

「てめえ、諏訪に取材されてただろう。その諏訪だよ。てめえ、諏訪とどういう関係だ」

「え？　あ、はい……。同級生です」

「同級生？」

「し、柴田北部小です」

「柴田北部ってえと、あの騒音下スレスレの学校か？」

「は、はい」

「じゃあお前も騒音下か？」

「はい。諏訪と同じ集落出身です」

「同じ集落……？」

開港前、内藤はまだ小さかったので、諏訪家と内藤家がいたあの騒音下の集落に、どんな名前の人が住んでいたのかは知らなかったが、まさか浜までが同じ集落出身だということを聞いて驚いた。

「それで何で、てめえの会社が新聞に載ったんだ？　あんないい加減な会社、新聞で紹介されるはずがねえだろう？　同級生のよしみってヤツか？」

「い、いえ。諏訪がこっちの担当になったって聞いたんで、おれから諏訪に言って、取材してもらったんです」

「てめえ、何が〝おれ〟だ！　ちゃんと〝私〟って言え！」

内藤が四度《よたび》机をたたくと、浜は細い目に涙を浮かべながら、

「すいません、すいません」

と謝った。

「で、諏訪がこっちの担当になったって聞いたって言ったが、それは何だ、諏訪からお前に連絡でもあったのか？」

「い、いえ。新聞です」

「新聞？」

「諏訪の千秋新聞って、自社の人事異動を新聞に載せるんですよ。そこに『空港総局長　諏訪幸平』っ

てあったんで、まさかと思って、新聞に書いてある空港総局ってところに電話してみたんすよ。空港総局長なんて偉いに決まってるでしょう？　そんな偉いのが同級生なら、きっと何かの役に立つと思って。したら、本当にあの諏訪だったんです」

「で、何でお前の方から取材させたんだ？」

「は、はい。私はですね、実はあの時、会社が空港の出入り業者の審査を控えてまして。ちょうど出入り業者になれるかなれないかの瀬戸際だったんです」

「それで？」

「会社が新聞に載ると、信用が違うんですよ。あれ一発で世間からちゃんとした会社だって思われるようになるんです。それで、同級生のよしみで諏訪に記事を書いてもらおうと」

「それで諏訪は、素直に書いてくれたのか？」

「はい。書いてくれました。さすが同級生っすよ。アイツ、あんなに偉いのに、わざわざ自分で取材に来てくれて。あの記事が出た途端に、空港会社の審査もすごく優しくなりまして。それで、本当にあの記事のおかげで空港会社の審査に合格できまして、そこから収集業に参入できたんです」

「そこから参入？　そこからってお前、記事には会社が取り扱っている品目の中に、しっかりと航空機用酸素ガス……何たら器って書いてあったじゃねえか」

内藤は、とっさに『航空機用酸素ガス圧力容器封板せん孔器』の正確な名前が出てこなかったが、それでも伝わったようで、浜は、

「い、いえ。あの何たら器は実際に取り扱っている、のではなくて、取り扱える品目です。今は取り扱えなくても、将来取り扱う可能性がある品目」

と、自分でも〝何たら器〟などと言いながら得意げに答えた。

「取り扱える品目かよ……。てめえ、根っからの詐欺師っぷりだな」

「ありがとうございます」

「バカ野郎、褒めてねえ」

「あ、すいません」

浜が申し訳なさそうに頭をかいた。

「じゃあ、記事になることで審査に合格することを見越して、取り扱えもしねえ品目を記事ん中に書いてもらったたってことか。出入り業者として売上が好調だってのは嘘か?」

「よく読んでくださいよ、あの記事。『空港参入で売上好調』なんてどこにも書いてませんから。ちゃんと、『売上好調で空港参入目指す』ってなってるんすよ。品目については諏訪に、マニアに売れそうな消耗品を調べて書いてもらいました。おかげで、マニアが喜ぶ航空部品が大量かつ定期的に、う

ちの会社に集まるようになりました。へへへ」

「何が大量かつ定期的に、だ。生意気に」

気を許し過ぎたのか下品に笑う浜を、内藤が叱りつけた。

「あ、すいません」

「それで火薬だ。火薬について説明しろ」

「あ、はい。実はその取材の時にですね、諏訪に来てもらった時。諏訪から言われたんですよ。先刻の航空機用酸素ガス……何たら器」

「てめえ、先刻から何たら器何たら器って、てめえの会社で扱ってた部品の名前も言えねえのかよ」

「す、すいません。あんな長ったらしい名前なんて、私には覚えられませんって……」

「いいから続けろ」

「あ、はい。で、その何たら器ですが、諏訪の方から扱ってくれって頼まれまして。何でだって聞いたら、中の火薬を横流ししてくれって」

「諏訪の方から？」

「はい。あ、諏訪はちゃんと何たら器の名前、正確に言ってました」

「それはいいから。で、諏訪は何て言ってた？」

「諏訪は、何でも取材で知り合った花火屋が新型コロナの影響で花火大会が中止になって苦しんでるから、火薬をプレゼントして支援したいとかなんとか言ってました」

浜は、当時、世界的パンデミックを引き起こしていた新型コロナウイルスを持ち出した。飛沫《ひまつ》で感染を拡大させて風邪のような症状を引き起こし、重症化すれば死に至ることもあるとされる危険なウイルスで、確かにこの頃、このウイルスの蔓延《まんえん》により、人が密集するようなイベントは軒並み中止となっていた。

「花火屋？　それ、本当か？」

「は、はい。本当です、本当です」

「何で花火屋が花火大会中止になってんのに、火薬が必要なんだよ？」

「知りませんよ、私に言われても。でも、花火の火薬って、そんな何年も持たないみたいっすよ？　だから、仕入れがタダになれば、花火屋も助かるってことなんじゃないっすかね？」

「てめえ、また適当なことを」

「いえいえ、諏訪から持ち掛けられたってことは確かです。信じてください」

浜が拝むように手を合わせて懇願した。

「まあいい。しかし、そんなに大量の火薬を取り扱うってことが違法だってのは、いかにお前だって分かってたんだろ?」

「そりゃまあ。でも、私の商売も十分違法なんで。へへへ」

浜がまた下品に笑ったが、内藤は今度は無視して質問を続けた。

「しかしあんな部品の火薬なんて、部品一つからほとんど量は取れないだろう」

「それがですね、諏訪が言うには、あの何たら器のメーカーがリコール出したんだそうです」

「リコール?」

「はい。その時の国のホームページなんか調べてもらえば出てると思うんですが、うちが出入り業者に決まった直後から、あの何たら器ばかりが大量に集まったんです。あの時はもう、大変でした。火薬抜いては一個三百円でネットでたたき売って。値段が値段だったんで、飛ぶように売れましたよ。飛行機だけに。へへへ」

「バカ野郎。その下品な笑いを止めろ。それで?」

内藤はこの期に及んで冗談を言う浜を軽く叱ったが、とにかく話を前に進めさせた。

「それで、まとまった火薬を諏訪に取りに来てもらったんです。『これだけあれば、花火屋も喜ぶ』って、諏訪も言ってましたよ」

「取りに来てもらったって、車でか?」

「はい、そうです」

「その火薬って、賞味期限……じゃねえ、使用期限みたいなのはねえのか？　何年経過したら火薬としての威力が落ちるみたいな」

「ありますけど、ほとんどがリコールで集まった火薬でしたので、どれも期限内だったと思います」

――諏訪の火薬入手ルートが確定した。これだけの証拠があれば、札の請求には問題はない。たとえ諏訪が自供しなくても、逮捕後のガサで諏訪の車でもなんでも火薬反応を探せば必ず見つかるはずだ……。

内藤がふとそう考えていると、浜が突然、

「すいません、刑事さん。私は誰も殺してませんけど、どうして一課が？」

と聞いてきた。

正気に戻された内藤は、

「ん？　ああ。じゃあ後は、おれじゃなく優しい生経の刑事さんに話を聞いてもらえ」

とだけ言って、浜を廃棄物処理法違反などを担当する生活経済課に引き渡した。

十八

翌日、捜査本部は金川新聞の斉藤記者からの証言を得ると同時に、千秋新聞記者、諏訪幸平の逮捕に踏み切った。

内藤が高橋を連れ空港総局に踏み込むと、諏訪はノートパソコンの前で、空港署がこの日に税関と合同で行った密輸防止キャンペーンの記事を書いていた。

「諏訪。お前に逮捕状が出ている。権利に関してはお前、記者だから言わなくても分かるな？」

内藤が言うと、諏訪はゆっくり立ち上がり、

「やっぱり、公安じゃなくて内藤さんでしたか」

と言って、不敵な笑みを見せた。逮捕されることは予想していたのだろう、特段、抵抗することはなかった。

諏訪は、組織と父親を裏切った男である馬場を殺した。その馬場は内藤にとって、父を殺された仇でもあった。この四十年間、再婚もせず、悲しみに暮れ、喪に服し続ける自分の母親を見てきた。自分が仇を討ちたいと思わなかったかと言えば嘘になる。父を殺しておきながら何の報いも受けず、町

長として偉そうに振る舞う馬場を見て腹が立たなかったかと言っても嘘になる。反対闘争を知らない自分にとって、司法取引、いや、政治取引とも言える当時の政府の判断も、そういう社会正義の実現の仕方もあるのだろうとは思うが、それは偉い人間がすることだ。

父は偉くなる前に死んだ。いや、殉職して階級こそ上がったが、そんなものに何の意味もない。まだあまりにも幼く、父との思い出はほとんどないが、母や先輩たちから聞く父親像は、今も自分の中に天高くそびえている。太い幹のようにある。自分には永遠に父は越えられない。自分にできることは、父が亡くなった時と同じ階級、警部補として、小さな悪をも摘み取り、ただ地道に地道に、そうやって社会正義を貫いていくだけだ。

——諏訪がおれの代わりに親父の仇を討ってくれたなんて考えちゃいけない。コイツは単なる、社会を騒がせた殺人犯なんだ。そう、社会。社会正義だ。社会正義のため、コイツは絶対に野放しにしてはいけない……。

内藤は、胸の内を表に出さぬよう、刑事としての矜持を保ち、落ち着いてゆっくりと逮捕状を朗読した。その間、諏訪は黙ってそれを聞いていた。

逮捕状を読み終えると、内藤は一緒にいた高橋や他の捜査員に分からないよう、唇を噛み締め、諏訪に手錠をかけた。

諏訪の体の後ろに、あの絵が見えた。『イカロスの墜落』。

「お前、あの絵。何で事務所になんか飾ってたんだ？」

手錠をかけながら、内藤が聞いた。

「絵？　ああ、イカロスですか？」

諏訪が絵の方を見た。

「空港で墜落なんて不謹慎だろう？」

「さすが内藤さん。ご存知だったんですね、ブリューゲルの『イカロスの墜落』」

「そりゃあ知ってるさ。歌にもなってるぐらいだからな」

すると諏訪は手錠をしたまま絵の方に向き直り、

「僕、この絵、好きなんですよ。近年の赤外線調査だと、ブリューゲルの真筆かどうかにはやや疑問が残るそうですがね、僕は真筆だと信じています」

と言った。

「それがどうした？　好きだから飾ってたんだろう？　で、何でこの絵だったんだ？」

「見てくださいよ、この雄大で美しい自然。のんびりとした牧歌的な風景。これだけで絶景です。その美しい空を、ロウの翼を手にしたイカロスが好き勝手に飛び回った。そして、その傲慢ゆえにロウの翼が溶けて、海に落下したんです」

「まあ、そういう話だったな」

「この空港にぴったりじゃないですか？　美しい農村風景だったこの地域に、傲慢な人間が空港を作ってガンガン飛行機を飛ばした。人間の傲慢はいつかは地に堕《お》ちる。僕はそれを揶揄《やゆ》するために、この絵をこの空港に飾っていたんです」

「世間をからかってたってことか。やっぱ趣味が悪いな、お前。じゃあお前は、イカロスに高く飛びすぎるなよと忠告した父親にでもなったつもりだったってのかよ？」

「まあ、そうですね」

　諏訪がまた不敵に笑った。

「バカなことを……。それじゃあ、お前の方がよっぽど、思い上がったイカロスじゃねえか」

「僕が思い上がったイカロス？」

「そうだろう？　記者ＩＤでどこにでも入れるからって、思い上がって空港の中をあちこち動き回って、調子に乗って事件起こして。それで結局、逮捕されたんだ。見事に墜落したじゃねえか」

「僕が墜落？」

「逮捕が墜落じゃなくて、何だってんだよ。大体、この絵の主題は傲慢なイカロスじゃねえだろう？

イカロスなんて足だけで、こんなに端っこに、こんなに小さく描かれてるだけじゃねえか」

内藤がイカロスの海面からのぞいた足を指差すと、諏訪もそれを見た。

「おれも専門家じゃねえから分からねえが、こんなにちっちゃく描かれてるってことは、人間の傲慢さも雄大な大自然の中では小さなこと。自然の雄大な営みの前では、人間なんて卑小なものだって言いたかったんじゃねえのか、ブリューゲルは？」

内藤は素人目ながら絵を観ただけの印象で持論を展開したが、それを聞いた諏訪は、

「……内藤さんって、やっぱり大した刑事っすね」

と感心しただけで、内藤の持論に対しては何も反論しなかった。

「ふざけるな。それより、記者なんだから分かると思うが弁録(弁解録取書)どうする？　今聞くか？」

内藤が聞いた。

「そんなもん、署に行ってからでいいっすよ？　僕は逮捕はされましたが、ただ墜落したとは思っていませんから」

諏訪は自信たっぷりに言った。

諏訪は逮捕されたかったのか、逮捕されたくなかったのか。横で二人のやり取りを聞いていた高橋には、その判断がまったくつかなかった。

内藤たちは、諏訪を連行して事務所を出た。

内藤は、このフロアに横並びに常駐している他社の記者たちに写真を撮られるのではないかと心配していたのだが、廊下に記者たちの姿はなかった。

最も写真を撮られる可能性のある金川新聞の斉藤は署に任意同行済みだからいないのは分かるが、他社がいないのは意外だった。報道機関だから、普段から人の出入りが激しいというのもあるのかも知れないが、それ以上に、航空機爆破の犯人が同じ記者クラブの記者だということが、あまりにも灯台下暗し過ぎだったということなのかも知れなかった。

十九

「……私は在職中、百本の原稿を書きました。中でも私の書いた『空港が水素ステーション導入へ』という特ダネ記事で、皆さまには本当に多大なご迷惑をお掛けしたことを、ここにお詫《わ》びします。私のあの特ダネ記事により今後、航空業界には水素燃料で飛ぶ航空機の波が押し寄せることでしょう。私は岩森支局に異動することになりますが、皆さまのご健勝とご多幸を……」

モスキート機が爆破される前日。千秋国際空港に常駐する記者が集まる「空港記者クラブ」主催の送別会で、岩森支局に異動する国営放送の男性記者が、もう三十分以上、一人であいさつを続けていた。「お詫びします」などと言いながらも、顔は笑っていて得意げだ。その表情から、「おれはお前らを出し抜いて特ダネを獲った優秀な記者だ。今回は大栄転だ」という思いがにじみ出ていた。この会のいわば〝主賓《しゅひん》〟のあいさつだから、誰も止めることができない。

「また水素ステーションっすか。確かにあれはやられましたけど、いい加減しつこいっすね。しかもたった百本って……」

宴会場で諏訪は、隣に座る金川新聞の斉藤に瓶ビールを注ぎながら、主賓に聞こえないようにつぶやいた。在職四年で原稿を出した本数が百本というのも、月百本以上出稿している地方紙の諏訪にとっては納得できなかった。

「ふん。あんなもん、特ダネでも何でもない。国策空港で新しいことをやろうとしたら、国が国営放送使って〝観測気球〟上げるに決まってる。いつものことじゃないか」

斉藤はそう言って、注がれたビールを一気に飲み干した。

観測気球とは文字通り様子を見るということで、今回の場合、水素燃料を使った航空機の導入計画を立ち上げた政府が、その計画を事前に国営放送に流し、それを観た国民がどういう反応をするのかを確かめようとしたことを指す。反応が良ければ計画は続行し、悪ければ再考しようという狙いがある。

「そうなんすよね。僕たち民間じゃどうにもならないってのに、本社からはやれ『抜かれたぞ』だの、『すぐに同じ原稿出せ』だのって。斉藤さんとこもそうだったんじゃないっすか?」

斉藤のコップにビールを注ぎ直すと、斉藤はその瓶を奪って諏訪のコップにもビールを注いだ。

「僕なんかはもう、単年度契約だから、そんなことは言われないよ。だけど、毎毎さんとこはあの水素ステーションで、始末書書かされたって聞いたな」

「抜かれただけで始末書っすか。大手さんは厳しいっすね」

諏訪もビールを飲み干すと、周りからパラパラと拍手が起こった。国営放送のあいさつが終わったらしい。

「お、やっと終わったか。諏訪さん、この後、恒例の胴上げでしょ? やるの?」

「いつも通りなら、やるとは思うんですが。いかんせん、アイツっすからねえ……」

空港記者クラブでは、送別される記者を最後に胴上げして送り出すのが開港以来の慣例だった。だが、クラブいちの嫌われ者の送別会とあって出席者は主賓を除き六人しかおらず、いつもの三分の一だった。国営放送自体、この記者のほかに二人常駐しているはずだが、その同僚の二人すら出席していない。胴上げをするとすれば、全出席者のうち二人は女性記者だから参加できず、さらに胴上げの様子の写真を撮るのに一人必要となるから、胴上げをやるとすれば男手は諏訪ら三人しかいない。一同は胴上げには触れず、こっそり帰ろうと身支度を始めたが、突然、国営放送が、「じゃあ最後、いつもの胴上げで締めますか！」と自ら言い出した。

駅前の雑居ビルの居酒屋を出て路地に入ると、高齢の斉藤は写真撮影担当となって胴上げを上空から撮影するためビルの非常階段を上がった。残ったのは諏訪のほか、酔っぱらった定年間際の記者二人。一番若い諏訪は仕方なく、この二人に足の方を上げさせ、自分は一番重い胴体を受け持つことにした。

「わっしょい」

死に物狂いで一回上げると、非常階段からフラッシュがたかれた。写真は撮れたようだ。通常なら十回上げないといけない決まりだが、もういいだろう。あと二回上げて、合計三回なら国営放送も納得するんじゃないか。諏訪がそう思って、二回めの「わっしょい」に力を込めると、定年間際の二人が受け止めきれずに手を離した。

「危ない！」

諏訪がとっさに叫んだ。国営放送は、尻からコンクリートに落下した。諏訪は何とか国営放送の両脇に手を入れ、国営放送が頭を打つのを防いだのだが、国営放送はすぐに立ち上がって、

「痛えじゃねえか、このクソ田舎新聞が！」

と怒鳴り、諏訪の左ほほを一発殴った。その瞬間、非常階段から二回めのフラッシュがたかれた。

それに気付いた国営放送は、チラと斉藤の方に目をやると、

「ふざけんなよ、このカスどもが！」

と捨て台詞を吐き、憮然《ぶぜん》としたまま腰を押さえ、一人でネオン街へと消えていった。

「諏訪さん、大丈夫？」

非常階段を降りてきた斉藤が聞くと、諏訪は、

「大丈夫です、大丈夫。アイツ、口だけで腕力ないから、なでられたようなもんです」

と、左ほほをなでた。

「けがなければいいけど。どうする？　一応、写真撮ったけど、暴行の瞬間。このまま交番行ってもいいし、記事にするなら提供するよ？」

「いいっす、いいっす。せっかく異動でいなくなるのに、記事にして異動が白紙なんてことになったらバカらしいっすから」

「諏訪さんがいいならそれでいいけど。国営放送叩《たた》きはウケがいいから、もったいないなあ。被害者の諏訪さんが書かない限りうちも書かないけど、書く気になったらいつでも言ってよ。一緒に書こう。

写真はいつでも提供するから」

「ありがとうございます。それはいいとして斉藤さん。すっかり興ざめしちゃったことだし、どっかで飲み直しません？」

「そうだね。じゃ、いつもの東容亭に行こうか」

駅前の東容亭はマスコミ御用達のバーで、空港記者クラブに加盟するマスコミ全十一社それぞれにオリジナルのカクテルを作ってくれて、そのレシピを代々残している。諏訪は以前に一度だけ、通信社の記者に連れられて酒を呑んだことがある店だった。

「いいっすね。マスコミ全制覇、いっちゃいますか！」

「国営放送のカクテル、まずいんだよな……」

「ははは。通信社は私、結構うまいと思うんすけどね」

諏訪はそのまま斉藤と連れ立って路地を出ると、先刻までいたはずの女性と定年間際の記者四人は勝手に帰ったようで、その姿はすでになかった。

「斉藤さん、今、幹事社っすよね？　うちもそうですけど、一人じゃキツくないっすか？」

諏訪が東容亭のカウンターで、隣に座る斉藤に向かって、グリーンティーベースのオリジナルカクテル「通信社」のグラスを傾けながら言った。

幹事社制度は、日本中のあらゆる記者クラブで採用している。幹事連絡は、その記者クラブのある取材対象機関が、記者クラブに加盟する報道各社に連絡を入れる場合、取材対象機関はその記者クラブの幹事社に連絡をすれば、幹事社が加盟全社に連絡をするという仕組みだ。空港の場合、滑走路の運用上で何らかのトラブルが発生した時などに連絡が入る。エンジンから火を噴いた飛行機が間もなく着陸してくるなんてケースもあり、その場合、記者は一報を聞いてすぐに現場へと行かなければならないから、幹事連絡は一秒を争う。だから、書いたり通信に時間がかかるファクスやメールではなく、空港会社から直接、電話連絡が来る。幹事社はそれをまた直接、電話で加盟社に連絡をしなければならない。

「私なんかはもう、空港勤務二十年以上だから、すっかり慣れちゃったよ」

斉藤は、昔から好きだというウイスキーベースの「毎毎新聞」をうまそうになめている。

「きょうは天気が良いからいいですけど、台風の時なんか悲惨じゃないっすか、イレギュラー運航。一機ダイバート（目的地変更）するごとに、空港会社からひっきりなしに携帯鳴らされて。こっちは取材中だってのに、『迅速に他社に幹事連絡をしてください』なんて言われると腹立ちますよ。ちょっとでも連絡するのが遅れると、他社から矢のように文句言われるし。この前の部品欠落の連絡なんて、ビス一本っすよ？　飛行機からでかいパネルが飛行経路下に落ちたってんなら大ニュースですけど、ビス一本なんてニュースにもなりませんよ。ほとんど毎日発生するバードストライクなんてのも、どの社も書かないんだから要らないでしょう。あんなのもみんな、幹事連絡なしにしちゃえばいいんすよ」

「その話は昔からあるんだよ。うちもそうだけど、諏訪さんとこも、あんな細かい情報は要らないでしょ？　あれ、一社だけのせいなんだよ、某A社。あそこが頑として、『どんな細かい情報もすべて寄越せ』って。あそこが方針転換してくれないと、幹事連絡の省略なんてできないんだ」

「そうなんすか。でも、某A社は記者三人いる上に、事務員さんも交替で二人もいるじゃないっすか。しかもあそこ、支局長が硬派記事専門で二年生が軟派記事、長老が遊軍ってきっちり分けてるしいっすよ？　記者一人きりのうちとか斉藤さんとことかはたった一人で硬派も書けば軟派も書くってのに。あ、そうだ。某A社、この前の密輸でタイ人が逮捕された時、本社の社会部から記者が来てましたよ。空港会社の決算会見の時も、東京本社から経済記者が来てましたし。一体、あそこの記者、何の記事を書いてるんだか」

諏訪は、カネもなく人数も少ない地方紙の悲哀を叫びながら、「通信社」をグッとあおった。

「私ら地方紙は大手と違ってとにかくカネがないからねえ。でもまあ、大手さんは全国異動もあるし、社内の競争も厳しいからね。どっちもどっちだよ。そう言えば諏訪さんは空港勤務、希望して来たって聞いたけど？」

「ああ、そうっすね。空港勤務はキツいって、社内ではかなり有名なんすけど、実は僕、騒音下出身なんですよ。だから、どうせ仕事するなら、知り合いもいっぱいいいる空港でって、入社当時から決めてたんすよ」

「あら、ガッツリ地元だったの。じゃあ、総局長として地元に凱旋《がいせん》できて、万々歳だ？」

「凱旋なんて、そんな大それたもんじゃ……」

「何でよ。御社だったら、空港総局長は出世コースじゃないか。御社の今の社長なんて私、十五年前に一緒に空港で取材してたんだから」

「まあ、そうなんすけど……。でも、僕は国営放送が言う〝クソ田舎新聞〟で出世する気なんてないですから」

諏訪が先刻の国営放送の捨て台詞を思い出すと、斉藤も、

「あの若造、何がクソ田舎新聞だ。ふざけやがって。思い上るのも大概にしろってんだ。大体、記者なんて、どこの会社に行ったってやってることは同じなんだ」

と憤慨し、残っていた「毎毎新聞」を空けてテキーラベースの「国営放送」を二つ注文した。

程なくして出てきた「国営放送」は、コリンズグラスにドロっとした真っ赤な液体、そこに気泡が浮かんでいた。ひと口飲んだ諏訪は、思わず、

「うわ、マズ……」

と顔をしかめた。

「ホント、マズいよね、これ」

隣で斉藤が笑っている。

「何でしたっけ、これ?」

「テキーラをトマトジュースで割って、ソーダ入れてステアしただけなんだけど。テキーラとトマトは合うから、あとはソーダさえなけりゃあねえ……」

カウンターの奥で、作った老マスターも苦笑いしていた。

「マスター。このカクテル、いつの国営放送の記者が考えたんすか?」

諏訪が聞くと、マスターは手元にあったB5判ほどの古い紙が百枚ほど束ねられたレシピを見ながら、

「ええと、これは、十五年ぐらい前で、セキさんってなってますね」

と教えてくれた。

「セキ……。斉藤さん、セキなんて記者、知ってます?」

「うーん。セキっていたかも知れないけど、覚えてないなあ……」

「空港の生き字引の斉藤さんの記憶にないんじゃ、大した記者じゃないっすね」

「まあ、特ダネバンバン飛ばすような記者なら絶対に覚えているから、そうかも知れないね。ははは」

斉藤が笑いながら「国営放送」に口をつけて顔をしかめた。

「マスター。そのレシピって、どれぐらいあるんですか?」

諏訪が聞くと、マスターはレシピの紙束をパラパラとめくりながら、

「うちは空港の開港前からやってますからねえ。数えたことはないけど、四、五百はあるんじゃないかな」

と言った。

「四、五百ですか! じゃあ、その中に有名人とかもいらっしゃるんじゃないっすか?」

「歌舞伎界なんか、よく来てくれますからね。でも、そういうのはここにはないんです。著名人の方のレシピはちゃんとノートに書いて金庫にしまってあるんですよ」

マスターは紙束を振って見せながら、店の奥の金庫を指差した。

「へえ。それは見たいなあ」

「ダメダメ。あのノートはうちのトップシークレットです。この一般のお客さまの方なら見てもいいですよ」

マスターから一般人レシピの紙束を受け取った諏訪は、

「あ、ありがとうございます！」

と言って、紙束をパラパラとめくった。

「斉藤さん。『国営放送』マズいから一気に飲んじまって、新しいの頼みましょうよ。僕がうまそうなの、ここから選びますから」

「それはいいけど諏訪さん。あしたはウラジオストク線の新規就航の取材じゃないの？　あれ多分、全社行くと思うよ？」

「あ、その取材、僕もちゃんと予定してます。本邦航空会社のグアム以来の大規模な観光開発っすからね」

「そうだよ。あした起きられなかったら大変だから、次で最後にしよう」

「斉藤さんが起きられなかったら、僕がちゃんとお迎えに行きますから。あれ確か、ゲートが第一ターミナルの一番奥でしたよね？　面倒だから斉藤さん、一緒に制限エリア入りましょう」

「ん。じゃ、あしたはそうしよう。それじゃ諏訪さん。最後の一杯、とびきりうまい酒を選んでよ。

それが口に合わなかったらもう一杯までは付き合う。失敗は一回だけ許す」

「はい！　始めから失敗込みで二杯選びます！」

二人でコリンズグラスを合わせ、鼻をつまみながら「国営放送」を飲み干すと、諏訪はレシピをめくって最後の一杯を決め、紙束から一枚のレシピを引き抜いてチラと見てからマスターに渡した。

マスターは、「懐かしいな」と言って、手慣れた手つきでグラスを用意すると、シェーカーに氷を入れ、この地域の銘酒「不動明王」、ホワイトキュラソー、レモンジュースを注ぎ入れた。小気味いいシェーカーを振る音が店内に響いた。その音が止まると、マスターはシェーカーの中身を、氷を入れたグラスに注ぎ、トニックウオーターで満たした。さらに、ブルーキュラソーを沈み込ませるように静かに入れてマドラーを添えると、そのグラスを二人の方にすっと滑らせた。

「スカイブルーが二層に……。これは美しい……。私も長いことこの店に来てるけど、これは初めてだよ……」

斉藤がそのグラスを見ながらため息をこぼした。

「スカイブルーは空です。カクテルの名前は『千秋の空』。レシピの日付が何と、千秋空港開港の前年になってました。飛行機が飛んでいない開港前の千秋の空は、こんなにきれいだったんですね。誰が考えたのか知りませんが、当時の人も粋なことをします」

事前にレシピを見ていた諏訪が得意げに言うと、二人はせっかくの美しいカクテルだからと、マドラーは使わず、層が乱れないようグラスにそうっと口をつけた。すると、マスターが、

「お客さん。そのカクテルはステアしていいんですよ。マドラーで軽くステアすると淡いブルーになります。混ざり合わないものが混ざり合って、さらに美しくなる。そんな願いも込もったカクテルなんです」

と、カクテルに込められた意味を教えてくれた。

二人が教えられたようにグラスを軽くステアすると、果たして抜けるような千秋の春の空がグラスの中に現れた。

すっかり満足した二人はこの一杯を最後に決め、翌日の取材に備えた。

二十

「記者なんだから殺人罪は分かるな？　知ってると思うが、航空危険処罰法ってのも無期まであるんだ、重いぞ？」

取調室の諏訪は、落ち着いた様子で内藤の言葉を聞いていた。その表情からは、親に代わって裏切

り者を討ったという達成感や満足感、重罪を犯したことに対する後悔や自責の念といったものはまったく感じられなかった。まだ自分が〝被疑者〟、報道で言う〝容疑者〟となった自覚がないのだろうか。

諏訪は、普段通りの〝記者〟の目のまま、

「内藤さん。逮捕の決め手って、結局何だったんですか？」

と、〝取材〟をしてきた。

「じゃあ、全部認めるんだな？」

「それとこれとは話が違います。ワンクールは完黙ってことにしといてください。どうせ勾留延長するんだから、二クール目に入ってからお話しします」

諏訪は、最初の勾留延長までの十日間を黙秘すると言ってきた。

「何でだ？　どうせ話すんなら、今だって良いだろう」

「きょうの紙面は逮捕で終わり。あすは事件の概要なり逮捕の決め手なりで良いとして、明後日は送検と馬場の町民葬です。私の供述なんて、紙面に入る隙がありません。それに……」

「それに、何だ？」

「それに、この問題は、長く報道されるべきなんです。国策で内陸空港を作ったのは政府です。それにより生まれた落下物と騒音問題。国は遠い霞が関で簡単にそう言いますけど、実際に騒音下で暮らす住民の痛みや恐怖なんか分かっていない。むしろ、住民が何か〝ごね得〟を狙っているとすら思っているんです」

「それがどうした？」

「空港の発着回数はなし崩し的に増えるばかりです。この事件が何日も報道されれば、必ず落下物と騒音問題に再び脚光が浴びせられます。この一カ月あまり、千秋の空は静かだったでしょう？　事件のおかげで飛行機が一切飛ばなかったんですから。今後、そういう街の声も必ず聞かれるはずです。これ以上は動機に関わるのでまだ言えませんが、そういうことです」

緊張する様子もなく、身振り手振りを交え雄弁に持論を展開する諏訪に対し、内藤は腹が立ってきた。

「おい、諏訪。御託《ごたく》はいい。いつまで記者面《づら》している。相手が馬場とはいえ、お前は人一人を殺してるんだ。いい加減にしろ」

そう言った瞬間、内藤は自分の失言に気付き、記録係をしていた高橋に、

「タカタカ。今の『馬場とはいえ』ってところは記録するな」

と命じた。諏訪もすかさず、

「内藤さん。『とはいえ』って、内藤さんも馬場と何かあったんですか？」

と突いてきた。

「内藤さん『も』か。まあいい。とりあえず、その何かあったの『何か』から話せ」

内藤も切り返したが、諏訪は、

「だから、その辺は十日経ってからお話しします。マスコミには、『雑談には応じているが、容疑に関しては黙秘している』とでも言っておいてくださいよ。それで決め手。逮捕の決め手は何だったんですか？」


諏訪は勾留延長までの十日間、本当に黙秘を貫いた。司法、立法、行政の三権を監視・検証する立場のマスコミだ。しかも諏訪には会社の顧問弁護士が付き、しきりに取り調べの可視化を求めてきた。諏訪への取り調べは、普段の被疑者への取り調べのようにはいかず、荒っぽいこともできようはずがないから、二クール目から話すという諏訪を信じるしかなかった。

逮捕からこの間、世間の報道は諏訪が言っていた通りになった。町長の殺害と二機の航空機の爆破が単独犯による犯行だったという驚き、しかもその犯人が新聞記者だったという衝撃が有識者の話を交えて大きく報道された。千秋新聞社は連日謝罪会見を開かざるを得なくなり、ライバル社の大不祥事を報道各社は袋叩《だた》きにした。記者が自由に空港内へと立ち入れたこともたちまち問題視され、報道の自由と取材の自由といった憲法問題にも発展した。各マスコミは扱わざるを得ないものの、この問題だけは何とか扱いを小さくするなど対応に苦慮させられた。

公共施設を狙った爆弾テロ犯の逮捕とあり、安堵《あんど》する街の声を聞く報道も目立った。大半が、「ホッとした」、「これでまた海外旅行に行ける」といった声だったが、諏訪が言ったように、「空港が一カ月も閉鎖されていたので、久しぶりにゆっくり寝られた」、「何十年ぶりにエアコンを消し、窓を開けて眠れた」という声も少なからず聞かれたのに内藤は驚かされた。

逮捕時、諏訪が自らの〝墜落〟を認めなかった理由がこれだった。

こうして迎えた勾留延長初日。いわゆる〝長時間にわたる過酷な取り調べ〟もなく、三食付きの規則正しい勾留生活を送ってきた諏訪には当然、まったく疲れた様子はなかった。

「世間はお前の思い通りになったな」

連日、証拠書類や供述調書の作成、一日も早く諏訪の自白を取れと迫る上司との折衝に追われる内藤は、取調室で対面した諏訪に疲れた表情でこぼした。それを察した諏訪も、

「だいぶお疲れですね」

とねぎらった。

「まあいい。約束の二クール目だ。容疑はすべて認めるってことでいいな?」

「まあ、そうなんですけど、でもちょっと待ってください。きょうのきょうで認めて終わりってんじゃ、あまりにも味気ないじゃないですか」

「何が味気ないだ。味気なんて必要ない。こっちはこの十日間、お前の言うことを聞いてやったんだ。今度はお前がこっちの言うことを聞く番だ」

諏訪に対して内藤はどうしても、普段、殺人犯を聴取するように強く出ることができなかった。「先輩の取り調べって、あんなに優しかったでしたっけ?」。どうせワンクールは完黙なんだからと昨夜、ささやかな祝杯を挙げた時、この十日間を見てきた高橋から言われた。諏訪が犯行に至った経緯や動機、犯行の手口はほぼ分かっている。あとはそれを一つひとつ認めさせていけばいいという安心感ももちろんあったが、やはり、諏訪が自分の父の仇を討ってくれたという負い目のようなものが、心の底から拭《ぬぐ》えなかった。

「約束ですから話しますけど、その前に、前から言ってる逮捕の決め手。まずはここから教えてくださいよ」

諏訪はこの期に及んでまだ取り調べの主導権を握ろうとしている。質問に質問で返されて気分の良い人間はあまりいないものだが、内藤は、これも記者の本分なのだろうと腹を立てず、望み通りに逮捕の決め手を話してやろうと思った。

「そんなもの、逮捕後の総局のガサでエアコンのフィルターから微量の火薬成分が検出されているから、今さら大きなことではないんだが……。まあいい。お前、地元に浜恵太って同級生がいるな？」

内藤が浜という名前を出した瞬間、諏訪はすべてを察したように口元をゆるめた。

「ああ、なるほど。内藤さん、よく浜までたどり着きましたね。アイツだけは大丈夫だと思ってたんですが。で、浜はもう起訴したんですか？」

諏訪は、どうしても質問で返さなければ気が済まないらしい。

「いや、まだだ。あの野郎、犯罪のデパートみたいなヤツだったからな。まだ時間はかかる」

「それで、何で浜に？」

「きっかけは、お前が書いた新聞記事だ。お前、空港総局に異動してきた一カ月目ぐらいに、浜の会社の紹介記事書いただろう」

諏訪は確かに、浜が代表を務める産業廃棄物処理会社「ハマー」を取材し、この地域で売上を伸ばしている好調な企業として紹介する記事を掲載していた。

「まさかあんな記事から……」

「『航空機用酸素ガス圧力容器封板せん孔器』。長ったらしい名前だが、飛行機の天井から酸素マスクが落ちてくるあれだな。あれで使う微量の火薬に耐用年数が迫ると、浜の会社が引き取る。お前は二年前からコツコツと、その火薬を浜に横流しさせていた。これに間違いないな?」

「あの記事から浜に……。そりゃあ、浜は素人だ。内藤さんに叩かれりゃあ、一発で落ちますね。で、その火薬成分と、総局のエアコンフィルターから検出された火薬成分が一致したと。いやあ、おみそれしました」

諏訪が机に両手をつき、上半身だけ土下座をするかのように頭を下げた。すると、諏訪はすぐに頭を上げ、当時のことを語り出した。

「あの取材の後、浜と空港の外の柴田町側にある焼肉屋で呑みましてね。小学校ん時、同じクラスだったんですよ、浜とは。いやあ、盛り上がりました。そんで、夜の十一時過ぎに店を出たんですけど、ちょうど真上をトリプルセブンが飛んで行きましてね」

「トリプルセブン?」

記録係の高橋が突然、口を挟んだ。

「ジャンボの後継機だよ、ボーイング777型機。前に『シリウス号』なんて呼ばれてた機体もあったな。それで?」

内藤は高橋にそっと教えてやり、話の続きを促した。

「ああ。それで、二人で『こんな時間までうるせえぞ!』って叫んで、駐車場の石を拾って投げたんです。あ、当然当たりゃしないし、浜が隣でおんなじこと叫んでたかは、飛行機の音で聞こえませんでしたがね。ははは」

懐かしそうに笑っている諏訪に、高橋が、

「まさか、そんなことで爆破したってのか……？」

とつぶやいた。それを聞いた諏訪は突然立ち上がり、高橋を指差して、

「それだ！　騒音下の外に住む人間は、みんなそう言うんだ！　騒音問題なんてそんなことだ、たかが音だって！　誰も騒音下に住む住民の痛みなんて分からない！　日本人はいつから、他人の痛みが分からない人間性になったんだ！　いいか？　空港の発着回数は今に年間五十万回を超える。一年ってのは五十二万五千六百分しかないんだぞ。空港が二十四時間運用になったとしたって、一分に一回だ。夜間飛行制限時間帯を除けばそれ以上だ。国策だから内陸に空港を作る、うるさいけど我慢しろと言われた住民の身にもなってみろ！　何年も騒音下で暮らす人間の身にもなってみろ！」

と、烈火の如く怒り一気にまくし立てた。諏訪のあまりの剣幕にたじろいだ高橋は、思わず座っていたいすから落ちそうになった。

「諏訪よ。まあ落ち着け。お前、犯行を思い立ったのは、別にその焼肉屋じゃないだろう？」

内藤が穏やかに言って、諏訪をパイプいすに座り直させた。

「おっしゃる通りです。内藤さんですから当然、私があの空港反対派の三沢平治の忘れ形見だって分かってらっしゃいますよね？」

「ああ」

「私はね、滑走路の先、飛行経路直下にある、あの団結小屋で十八歳まで暮らしたんです。飛行機の真下に十八年ですよ、十八年。分かりますか？」

諏訪は内藤に対し、派手な身振りで力説し始めた。通常の被疑者であれば〝完落ち〟した状態と見られなくはないが、諏訪の場合は事前の取り決め通りの完落ちである。内藤はとにかく、ここは諏訪に話させるだけ話させてみようと考えた。

「おれの妹夫婦も騒音下に住んでる。お前の言いたいことも分かる。それで？」

「あの団結小屋ってのは、元々は農家だった親父の納屋を改造したものです。防音設備なんてありゃあしない。外から見たら、機動隊用にバリケードを張ってあるように見えるが、壁の鉄板はバリケードなんかじゃない。自作の防音壁なんだ。空港が反対派に防音壁だの二重窓だのの設置費用を出してくれるわけがないんだから、自分で作るしかない。当然ですよね？　だけど、元々は隙間だらけの納屋だ、そんな自作の鉄板なんて、実際、何の役にも立たなかった。だけど、母と私は、他に行くところがなかった。あの団結小屋で生活するしかなかったんだ」

内藤がふと高橋を見ると、高橋はただじっとパソコンの画面を見つめていた。

「騒音なんて一言で片付けるのは間違ってる。あれは騒音じゃない。地獄の轟音《ごうおん》だ。ジェット機の甲高いエンジン音。窓なんか開けても開けなくても同じだ。それが五分と間を置かずに毎日毎日……。あれは熬鷹《ルーイン》だ」

「ルーイン?」

初めて聞いた単語に、内藤が聞き返した。

「昔あった中国の拷問《ごうもん》ですよ、睡眠剥奪《はくだつ》の。元々は鷹を訓練する時に、鷹が目をつぶったら起こして光を当てる。これを三日三晩続けると鷹が従順になるってヤツです」

「ルーイン……」

「あれを三日三晩どころじゃない。開港から四十年間、毎日毎日、騒音下の住民はずっとやられ続けているんだ。うちだって親子の会話が聞こえないどころじゃない。私は生後間もなく、高熱を出して泣いた。私の泣き声は、一緒に暮らす母親には届かなかった。真上を飛ぶ飛行機の轟音にかき消されたんだ。そうやって死にかけたことは、二度や三度じゃない。拷問はやめるから鷹が従順になるんだ。それを四十年間やめなけりゃ、住民が従順になるわけがないでしょう」

諏訪がひと息ついた。確かに当時の反対闘争で、国は銃を持たない反対派に対し、銃を用いて圧倒的に制圧するという手法は取らなかった。円卓会議という対話のテーブルを設け、話し合いによって解決したという形になっている。だが、実際は組織を裏切った馬場一人との対話でしかなく、本当の騒音下住民は置き去りにされていた。騒音下の住民の声は、果たして正しく国に届いていたのだろうか。内藤はおもむろに立ち上がって取調室のドアを開け、水を一杯受け取って諏訪に差し出した。

「……それで、犯行を思い立ち、高校三年生の時に団結小屋を出たんだな？」

内藤の言葉にうなずいた諏訪は、水をひと口飲んで話を続けた。

「空港の外からいくら火炎瓶を投げたって、何も変わらない。蟻《あり》の一念じゃ岩を通せないんです。だったらその岩を、中から崩せばいい。当時はそう思いました」

「その岩の中に入れるのが新聞記者か」

「ええ。当時、地上係員とかいくつか就職試験を受けてみたんですけど、『三沢』の名前じゃどこも採用してくれなかった。立派な殺人犯の息子ですからね。名前のせいで就職できないんだったら、それなら名前を変えてやろうと。時間も掛かるだろうからとりあえず適当な大学入って。それで、バイトしながら裁判やって、やっと諏訪の名字が認められたんです。で、せっかく大学出たんなら、貨物の積み下ろしとかのグランドスタッフとかじゃなくて記者になろうと」

「あんなボーダーフリーの大学で記者なんてなれるわけないだろう」

また高橋が口を挟んだ。諏訪は一瞬、高橋の方をにらんだが、今度は怒る様子はなかった。

「まさにその通りで、私も無理だとは思いました。マスコミなら、入社前に新入社員の身辺調査もがっつりやられるだろうと。でもまあ、落とされるのは慣れてたんで、ダメ元で受けたんですよ、地元の千秋新聞を。私も千人ぐらいいるのかと思ってたんですが、受けてみたら受験者が何と私一人。入社してから分かったんですけど、あの会社、年々部数が落ちるばかりで、当時からすでに傾きかけてたんですよ。優秀な学生はみんなそれを知ってたから、誰も受験しなかったんです。ほら、今の完全なインターネット社会になって、新聞なんて官公庁以外誰も読まないでしょう」

「まあ、そうかも知れんな」

「探偵雇って新入社員の身辺調査するカネなんて、あの会社にはありゃあしなかった。おかげで合格できたわけですが、人気が落ちりゃあ、自然に淘汰《とうた》されるのは分かってても、それでも新聞は残ってる。結局、ネットに流れてる記事のソースはほとんど、新聞記事でしょう。いくら人気がなくなっても、記者は憲法に守られた仕事、腐っても鯛《たい》なんです」

「腐っても鯛ねえ……。それで何だ、お前が狙い通り空港総局長にまで出世するのに十八年かかったってわけか」

「ええ。あのポジション、記者なら誰でもなれるってわけではなく、いわゆる出世コースなんです。

せっかく入社しても、新聞社で出世コースに乗らなきゃ空港総局長になれないってんだから、そりゃあ大変でしたよ。下積みもありましたしね」

「お前、だったらこんなことしないで、そのまま出世して社長にでもなった方が良かったじゃねえか」

「潰《つぶ》れる会社の社長の給料なんて、もうかってる会社の係長と同じですよ。まあ、それは冗談ですけど、私にも信念ってものがあるんですよ」

「お前、まだそんな冗談言う余裕あるのかよ。まあいい。きょうはこれぐらいにしとくか？　あしたは犯行の詳細を聞くから」

内藤がそう言って取調室を出ようとすると、諏訪の方が、

「あ、じゃあ、最後に」

と言って内藤を呼び止めた。

「ん？　何だ？」

「最後に。内藤さんが、犯人は僕だって気付いたのは、どのタイミングだったんですか？」

諏訪はこの期に及んでまだ〝取材〟をしてきた。

内藤は無視して取調室を出ようと思ったが、高橋と目が合い足を止めた。今まで、記者に対して言っておきたい思いが内藤の足を止めさせた。

「お前ら記者ってのはなあ、幹部ばかり相手にしてっから、若い警察官を見下してるところがあるが、お前が本ボシだって気付いたのは、ここにいる高橋だ」

「内藤さん……、じゃなくて？」

諏訪が首をかしげた。

「お前、二機目ん時、特オチしただろう。他社はみんな臨場感のある写真を撮ったのに、お前だけ撮れなかった。今まで特オチなんか出したことのないお前が特オチをやらかしたんだ。誰だっておかしいと思うだろう。結局お前は、ここにいる若い高橋に追い詰められたんだよ」

内藤に褒められ、高橋が得意げな顔を見せた。だが、諏訪はその顔を直視することができず、

「まさか……」

とつぶやくと、一瞬だけ悔しそうな表情を見せた。

その様子を見届けると、内藤は高橋の肩を抱き、取調室を出た。

ここまで話を聞いても、諏訪という男からは罪悪感というものがまったく感じられなかった。常に第三者の視点に立ち、客観的に報道する記者という仕事を長くやると、みんなそうなるのだろうか。いや、諏訪にとって記者という職業は、単なる犯行のための道具だ。だとすると、あのどこか自分のことを空から見下ろしながら話すような感じは、諏訪の本質なのか。起訴まではまだあと九日ある。

いや、二機目の爆破に町長殺害と合わせれば、勾留期限は四十九日間もある。一気にすべてを話させて捜査を終わらせてしまうにはまだ早い。諏訪は最後に、一瞬だが悔しそうな表情をした。起訴までに諏訪という男を何とか上空から地べたに引きずり下ろし、記者という仮面をはぎ取り、諏訪の本当の顔を晒《さら》す。そうしなければ、本当に罪を償わせることにはならない。どんな犯罪者であろうと、規定通りに逮捕し、規定通りに取り調べ、規定通りに刑務所に入れさせ、規定通りに刑期を勤め上げさせるというように何でも事務的に済ませてしまえば、必ず再犯につながってしまう。

——あしたからが本番だ。今までのようにはさせねえぞ……。

内藤が肩の手に力を込めると、高橋が「痛っ！　痛いですって、先輩！」と言いながら笑った。

二十一

翌日も翌々日も、諏訪は雄弁だった。

諏訪は、同級生の浜から何年もかけてコツコツと集めた火薬を用い、仕事場であるターミナルの空港総局内で三台のカメラ型爆弾を作ったこと、爆弾の製造方法については押収されたパソコンからもまったく検索履歴がなかったのだが、父親の逮捕後に育てられた団結小屋で過激派たちから口伝《くでん》で教わっていたこと、爆弾を仕掛けるルートについては、空港総局長就任後から何度も下見を重ね、防犯カメラの位置を完全に熟知していたことなどを得意げに説明した。

その中に、内藤が驚かされた話があった。一般旅客であっても、どこの空港でも必ず、保安検査で要注意人物とみなされれば硝煙反応を調べられる。例えば拳銃が合法の国に行き、射撃場で試し撃ちした同じ服で帰国すると、衣服から硝煙反応が出る。テロ対策としては、火薬の持ち込みを水際で防ぐことは最重要で、空港従業員であってもエプロンに入場する際に不審な様子があれば厳しくチェックされるのだが、厳しい審査を経た記者IDを持つ新聞記者を不審人物とみなす係官がいなかったということだった。

馬場町長殺害については、町長の公用車は午後三時に定時の点検があり、その時間だけは駐車場の公用車のボンネットが開くこと、町長は午後四時の支援者との会合に出向くこと、さらに町長は一週間前、道を間違えた運転手を罵声《ばせい》を浴びせた上で解雇しており、新しい運転手が採用されるまで馬場町長自身が運転していたことを事前の取材活動でつかんでいたことも明かした。それは、明らかに記者でしか知ることができそうもない情報だった。

「内藤さん。調書〝巻く〟のなんてお手の物だし、何ならもうほとんどできてるんでしょ？」

諏訪からはまだ、こんな軽口が出る場面もあった。確かに、内藤は、諏訪が黙秘したワンクール目の時間を活用し、これまでに集めた証拠や証言を基に、大筋の調書の作成は終えていた。だが、まだ大きな疑問も残る。しかも、この事件は殺人事件であり、裁判員裁判で裁かれることになる。諏訪が採用した犯行ルートは、ただでさえ複雑な構造の空港だというのに、防犯カメラの死角を使って動いていたから、さらに複雑極まる。地図を指でたどるのは簡単だが、そのルートを文章だけで、司法の素人である裁判員にも分かるように書かなければならない。それが二機分。しかも諏訪は、一度として同じルートを使っていなかったというのだ。

ルートの文章説明だけでも膨大な時間がかかった。警察業界と同じで航空専門用語も多く、それもいちいち調べて一般人である裁判員に分かりやすく説明しなければならない。それこそ、事務的に諏訪に聞いて確認しなければならないことも山のようにあった。何より、事件が与えた社会的影響の部分を調べるのにはとにかく骨が折れた。そうしていると、三件の犯罪による六十日間の勾留期限をあっという間に迎えようとしていた。

「畜生め……。あと二日でできんのか、これ……」

連日徹夜で調書をまとめながら、内藤はつくづく、ワンクール目の十日間を諏訪にくれてやったことを後悔した。

「内藤。あすが期限だが、大丈夫なんだろうな?」

諏訪の勾留期限前日、内藤は坂口刑事部長に呼び出された。

「はい。現在、ヤツはすべて自認しておりますので、間違いなく」

「検事調べじゃあの野郎、適当なことばかり言ってまともに話してねえんだよ。あれじゃあ、検面調書(検察官面前調書)が作れねえだろうから、お前だけが頼りなんだ、分かるな?」

「はい。検事にはヤツに判子押させるだけで済むよう、調書を完璧にしてお渡しします」

内藤が敬礼で決意を示した。

まだ、本当の諏訪を引き出していない。このまま取り調べが終わってしまえば、諏訪は公判でもこのまま、どこか他人事のように雄弁に語り続けるだろう。そのまま淡々と有罪となるのだろうが、それではいけない。諏訪には反省し、罪を償《つぐな》ってもらわねばならない。遺族……といっても、町民葬で涙一つ流さなかった三十歳以上年下のモデルのような馬場の妻が納得するかどうかは分からないが、諏訪の犯した犯罪により、空港は一カ月以上閉鎖したのだ。空港や航空会社、旅行会社の経営、四万人の従業員の生活、一日十二万人という旅客、航空貨物……。これほど社会に悪影響を及ぼした男だ。決して他人事で終わらせてはいけない。

――必ずあの記者面《づら》をはぎ取ってやる。絶対に罪を償わせるんだ……。

内藤は、睡眠不足で真っ赤に腫《は》らした目のまま気合を入れ直し、敬礼する指先に力を込めた。

「諏訪よ。取り調べもあしたで終わりだ。きょうはおれの疑問に答えてもらう」

内藤はいつも以上に真剣な目をした。諏訪は相変わらず、

「どうぞ。何でも答えますよ」

と、飄々《ひょうひょう》としていた。

「お前の目的は、親父さんを裏切った馬場を殺すことだったんだろ?」

「まあ、そうですね」

「で、二機目の北方中国機ってのは、つまり捜査の目を馬場の方じゃなく空港に向けさせる陽動だったってわけだ」

「おっしゃる通り」

「それは分かるんだが、ウラジオストク線新規就航の取材の後に爆破した一機目のモスキート機ってのは、そもそも爆破する必要があったのか? 本番のための練習ってことでいいのか?」

内藤は今までずっと引っかかっていた疑問を、思っていたままにぶつけた。

「練習……ですか? そりゃあ、まったく違いますよ。私がたかが練習のために、あんなに入念に準

備するはずがないでしょう。目的がなきゃやりません。内藤さんなら分かってると思ってたけどなあ」

諏訪が、内藤を見下したように笑みを浮かべた。内藤は少し腹が立ったが、それを悟られないように落ち着いた様子を見せ、

「じゃあ、その目的ってのは何だ。言ってみろ」

と返した。

「裏切り者に天罰を下すってのはもちろんありましたが、むしろ私の本当の目的はこっちです」

「馬場じゃなく飛行機の爆破がか？」

すると、諏訪はひと呼吸置いた後、

「空が煩《うるさ》いんですよ……」

と、ポツリと言った。

「空が煩い？」

「空港が閉鎖されてこの一カ月、空港周辺は静かだったでしょう？　セミの声とか小鳥のさえずりとか聞こえて」

「まあ、飛行機飛んでなかったからな」

「小川のせせらぎもあれば、田んぼではカエルも鳴く。ジリジリする太陽の音まで聞こえて来るよう

な。そんな地域だったんですよ、空港ができる前は」

「それがどうした？」

「分かりませんか？　私はね、そんなのどかな田舎の風景を取り戻すためにやったんです」

「どういうことだ？」

「いいですか？　飛行機ってのは、一キロの移動で一人当たりの二酸化炭素排出量は鉄道の二十倍と言われています。それだけ環境負荷の大きい乗り物だから、ヨーロッパなんかでは〝フリーグスカム（ｆｌｙｇｓｋａｍ）〟って考え方も支持されているほどです」

「フリーグスカム？」

「スウェーデン語で〝飛ぶことは恥だ〟って意味です」

「ほう。どっかの環境活動家気取りだな。そんなこと言ったって、飛行機の発明による人類の発展ってのは、お前だって認めざるを得ないだろうよ。環境問題ったって、飛行機だって、今に水素燃料に変わっていくんだろ？　そうなりゃ、お前が言う二酸化炭素排出量だって減るじゃねえか。水素燃料まで待てなかったのか？」

「水素燃料なんて、主流になりっこありませんよ。いくら航空機の事故率が低いって言っても、いつかは必ず事故を起こします。水素燃料ですよ？　その時のインパクトがどれほどのものか想像してみてください。一度でも水素爆発を起こせば終わりです。航空機の死亡事故率が0・001%以下だと言われても、そりゃあ、中央から見りゃあ、確率は低いけどついに事故を起こしたか、程度でしょう。ですけどね、騒音下に暮らす住民にとっては違うんです。その低い確率がきょう来るのか、あす来るのかって、毎日毎日、怯《おび》えながら暮らさなきゃならないんです」

諏訪は口が渇いてきたのか、高橋に水を持ってくるよう指示した。被疑者に命令され不満そうな高橋が内藤の方を見ると、内藤が静かにうなずいたので、高橋は仕方なく取調室の外に出て、グラス一杯の水を持ってきた。諏訪がそれを口に含んだのを確認すると、内藤は静かに質問を続けた。

「じゃあ何だ。お前はあの空港を廃港させようとでも思ってたってことか？」

「別に僕は、あの空港を廃港させようと考えたわけじゃあありません。無差別に飛行機が爆破される空港。犯人は捕まっていない。そんな状況を作りたかったんです。そんな状況にさえできれば、どこのエアラインもあの空港から次々と撤退していくに決まっているでしょう。エアラインが張り付かなくなれば発着回数は自ずと減っていくんだ。大体、あの空港ではほぼ毎日、バード・ストライクだと言って罪のない鳥たちが飛行機に殺されているんです。人間側は勝手にストライクだなんて言ってるが、別に鳥たちは好き好んで飛行機にストライクしているわけじゃあない。あの猛烈なジェットエンジンに吸い込まれているんだ。僕はそんなことのない、鳥たちが自由に飛ぶ空を取り戻したかったんだ」

「バード・ストライク……」

「それでも国策空港です。海外のエアラインが撤退したとしても、本邦航空会社は完全には撤退できないでしょう。僕が狙ったのは、外国の国際線です。外国の国際線がなくなれば大型機がなくなるから、国内線の小型機ばかりの空港になる。そうなれば、騒音下での航空機騒音と落下物の恐怖は、かなり低減されることになるはずだったんです」

「風評被害を狙ったってわけか……。だから一機目には、朝イチでお前が取材に行ったモスキート機を選んだ。脚からランディングして翼を痛めてたのが分かったから、そのモスキート機を狙えば派手な爆破になる。一機目として世間に印象付けるためには最適だったってわけか……」

内藤が言うと、諏訪も「その通りです」と認めた。

「しかし、風評被害ってお前、そんなこと本当にできると思ってたのか?」

「実際にできたでしょう。モスキート機爆破で捕まらなかったんだから。あれだって僕は、どうやってもけが人が出ないよう、相当に調べに調べてやったんです。風評被害狙いですから、関係ない人を殺す必要はありませんからね。これを定期的に繰り返せば、エアラインは自ずとあの空港を捨てて消えていく。だから、私は絶対に捕まっちゃいけなかったんです。だから、証拠も徹底的に消しました。爆弾なんて、私の記憶だけで作ったんだから、ガサってもパソコンから何から、どこにも証拠はなかったでしょう？　防犯カメラにだって、爆弾を仕掛ける僕の姿はまったく映ってなかったはずだ。一カ月かけて、何度も何度もエプロンを歩いて、どの防犯カメラがどこを向いているのかを徹底的に調べたんですから。ゲソ痕だってサイズ違いの作業員用の安全スニーカーに変えたから、いくら検出されても、私まで届かなかったでしょう？」

「それはいいが。で、二機目ってのは、その〝定期的〟ってのに入るのか？」

「あんな短い間隔でやる必要はないです。当初は一年に一機ペースで良いと考えていました。二機目こそ練習のようなものというか。あっちは馬場の予定がありきでしたから、それならってことで、内藤さんのおっしゃる通り、陽動に利用させてもらっただけです」

諏訪は満足そうに腕を組み、自らの発言にうなずいてみせた。その様子を見た高橋は、今までの諏訪の態度を腹に据《す》えかねていたのだろう、おもむろにいすを蹴って立ち上がり、

「おい！　お前は一機目の事件で捕まらなかったんじゃない！　一機目の捜査中にお前が二機目の事件を起こしただけだ！　おれたちはお前を一機目の捜査で逮捕したんだ！　思い上がるのも大概にしろ！」

と、諏訪の胸ぐらをつかんで怒鳴りつけた。

内藤は、今まさに自分がやろうとしたことをし、言おうとしたことを言った高橋に思わず感心して

しまった。と同時に、地べたで懸命に生きている高橋を上から見るような自分に腹が立った。

――諏訪の犯行動機は分かった。だが、まだだ。まだ自分はこの事件を上から見ている。ここで終わらせては、自分も諏訪と一緒だ。高橋のように、地べたに下りなければ何も始まらない。自分も地べたに下り、いつまでも第三者目線の諏訪を地べたに引きずり下ろす。第三者が反省をすることなどあり得ないんだ……。

内藤は高橋をなだめて落ち着かせ、自分の頬《ほほ》を両手でパーンと叩いて気合を入れ直すと、迷惑そうに乱れた胸のシャツを直す諏訪に向き合い、静かに話し出した。

「諏訪よ。お前が殺した馬場ってのは、おれの父親の仇だ……」

「内藤さんの……、親父さんの……、仇？」

突然の内藤の告白に、諏訪の目の色が変わった。高橋もパソコンを操作する手を止め、初めて聞く話に目を丸くした。高橋は幸子の家で内藤が同じ集落の出身ということまでは聞いていたが、内藤の父が反対派に殺されていたという事実はまったくの初耳だった。

「ああ。内藤正一。おれと同じ、元捜査一課の刑事だ」

「まさか……。じゃあ、私の父親が、内藤さんの父親を殺したってこと……、ですか？」

「お前の親父さんの三沢平治と柴田町町長の馬場雄一郎。当時の裁判所がこの二人を殺害の実行犯と認めていたことは、お前も記者なら知っているな？　この二人は、言ってみれば、おれの仇だった」

「じゃ、じゃあ、あの、最初に集落を抜けた内藤家ってのが……」

「そうだ。それがおれの家だ」

内藤の言葉を聞いた諏訪は、しばらく考え込んだかと思うと、突然、笑い出した。

「はっはっはっは。そうですか。馬場は内藤さんの仇でしたか。そうですか、そうですか。いやあ、それなら私も、やって良かったっすよ。内藤さん好きだし、内藤さんの代わりに仇討ちができたってことですからね。あの馬場のクソ野郎。私がカトマンズに同行取材した時なんか酷かったんだ。公式訪問団とか言いながら、市庁舎にいたのはたった五分。あとは視察だとか言って観光するだけ。税金使って高い酒呑んで、夜はコールガールを呼びまくっていやがったんだ。あんな人間こそ誅すべきだと思ってたんですが、いやあ、仇でしたか。初めからそれが分かってれば、内藤さんと組んでできたのになあ」

相変わらず悪びれる様子のない諏訪に、飛び掛かろうとする高橋より先に今度は内藤の手が出た。

「知ってりゃおれと組んでただと？　てめえ、いつまでも思い上がったことぬかしてんじゃねえぞ！」

内藤は諏訪の胸ぐらをつかみ、静かに、しかしドスの効いた声で言い放ち、諏訪をパイプいすの背もたれに突き放した。今までに見たことのない内藤の表情にたじろいだ諏訪が初めて、目に恐れの色を浮かべた。

「いいか、諏訪。お前がやったことに、裏切り者を誅しただの、代わりに仇を討っただの、そんな大義なんてもんは、何一つねえんだよ。お前がやったのは、ただの殺人だ。仇討ちなんて大義が認められていたのは、江戸時代までなんだよ。お前は日本の社会ってもんを分かってねえ。そんなもんに誘われて、おれがお前と組むことなんて絶対にねえんだよ」

諏訪は反論せず、じっと内藤の話を聞いていた。

「おれはお前の六つ年上だ。だから、おれにはお前と違って、親父の記憶ってのが残ってるんだよ。親父が殺されたって聞いて、その場に崩れ落ちた母親の姿ってのもはっきり覚えてるんだよ。その後の生活がどれだけ大変だったかってのは、お前になら分かるだろう。おれだって、親父の仇を討ちたいと思ったことはある。バレなきゃいいだろうと、母親に詰め寄ったことだってある。だがな、そんな時、おれの母親はちゃんと教えてくれたんだ。バレなきゃ人の物を盗んでもいい、バレなきゃ人を殺してもいいというのは、犯罪者の考え方だ。人の物は盗んではいけない。人は殺してはいけない。仇も討ってはいけない。これが今の日本の社会のルールだってな」

「……法律ぐらい、私だって……」

「法律の話をしてるんじゃない。人としてどう生きるかの話をしてるんだ。お前が〝三沢〟の名前のせいで周りからいじめられ、小学校、中学校と不登校に近い状態だったってのは知っている。そのせいで、〝お前の社会〟ってもんが、あの狭い団結小屋がすべてになったってことも知っている。だがな、諏訪。社会ってのは、そんなに狭いもんじゃないぜ。野良猫にだって社会はあるし、他の野良猫の縄張りには入るなとか、いろいろとルールもある。猿山だって同じだ。エサを食うのはボス猿が先だとかな。『男らしく言い訳なんかせず、社会のルールを守れる強い男になれ』。おれの親父は、おれの名前の壮一の〝壮〟に、そんな思いを込めたって、母親に教えられたんだ」

高橋も、初めて聞く内藤の話に、完全に記録の手を止めじっと聞き入っていた。

「馬場が殺されたって聞いた時、おれがどう思ったか分かるか？」

「……いえ」

内藤の語気に気圧《けお》された諏訪はすっかり神妙になっていた。

「馬場が殺されるべくして殺されたとも、誰かに仇討ちの先を越されたとも思わん。多少は複雑な思いってのもあったかも知れんが、思いは一つ。社会正義を乱した殺人犯を一刻も早く逮捕する。それだけだ」

諏訪から反論する気力が失せていたのが分かった。内藤は水をひと口飲み、話を続けた。

「お前がやったことは、お前が言うように騒音下の住民のためだとか、代わりに仇を討っただとかいうように正当化はできない。二機の航空機を爆破し、一人の町長を殺した。ただそれだけだ。お前は社会のルールを破った。その罪は償わなければならないんだ。刑期は長くなる。覚悟しておけ」

それを聞いた諏訪が、がっくりと肩を落とした。諏訪は、自分の考えがすべて正しいと考えている人間だ。そういう諏訪は、正論で打ち負かされると案外にもろかった。

「内藤さん……」

内藤は、おびえたように顔を上げた諏訪を無視して話を続けた。

「諏訪よ。お前のせいで困った人間ってのは、世界中に何十万人といるんだ。軽々しく考えるんじゃない」

「……はい」

諏訪はやっと、自分のしたことを理解したのかも知れない。うつむいたままで表情こそうかがえないが、床に光るものが落ちたように見えた。

「お前、騒音下の住民のためだとか言ったな。騒音下は地獄どころじゃない、何十年も拷問を受け続けるようなものだ、熱鷹だと。だがな、お前は記者だったんだ……」

記者〝だった〟という言葉に反応したのか、諏訪は今度は、はっきりと分かる涙をポロポロと落とし始めた。

――〝落ちた〟。

内藤は諏訪の様子を見て確信した。記者は今回の事件を起こすための手段に過ぎないと思っていたが、朱に交われば赤くなる。諏訪は記者としての誇りも、多少なりとも芽生えていたのだ。

「……こんな事件を起こす前に、お前が語っていた騒音下の窮状。それを記事にして世に出すべきだったんじゃないか？　カトマンズでの馬場の悪行だって、それを記事にして馬場の政治生命を断てば良かったんじゃないか？　お前は事件を起こすために記者になり、事件に向かって一直線に進んできた。この十数年、お前の記事が人の役に立ったことだってあっただろう？　それを生きがいに感じたことだってあっただろう？　お前の持つ真っ直ぐな執念を、巨悪を暴く方に向けても良かった。新聞社で偉くなれるんなら、それでも良かったじゃねえか。お前が歩んできた道には、途中にお前には見えなかった分かれ道ってものがたくさんあったんだ。お前はその分かれ道のどれか一つにでも目を向けるべきだったんだ。昔から『ペンは剣よりも強し』って言うだろう。それなのにお前は、『ペン』じゃなく『剣』を取った。記者という公権力と戦う力を持ちながら。一度でも『剣』を手にしたら、それはもう記者じゃない。お前も記者〝だった〟のなら、自分が何年食らうかぐらい分かるだろう。長い刑期だ。時間をかけてじっくりと考えてみろ……」

内藤は立ち上がり、諏訪の両肩にそっと手を乗せた。

――諏訪がおれの親父の仇を代わりに討ったんじゃない、ただ馬場が罪の報いを受けただけで、コイツはただの殺人犯なんだ。だが……。

内藤は首を振って何とか警察官としての矜持《きょうじ》を保ち、手にぐっと力を込めた。もうお前は記者じゃない、記者〝だった〟のだと言われた諏訪の体は、小刻みに震えていた。

「……それにな、諏訪。お前の親父さんは、稲荷山でおれの父親を殺しちゃあいない」

それを聞いた諏訪が、困惑したように顔を上げた。すでに泣き崩れて、顔はボロボロになっていた。

「……殺したのは馬場だ。お前の親父さんは、誰も殺しちゃいない。稲荷山事件でも、それ以外でもだ。稲荷山では、ただ組織の長として責任を取って、若い馬場をかばっただけだ。だからお前は、人殺しの息子なんかじゃなかったんだ……」

最後のプライドだろうか。がっくりと肩を落とした諏訪は、涙を流しながらも声を押し殺し、唇を強く噛んでいた。その口元から、真っ赤な血がひと筋流れていた。

取調室を出た内藤の頭の中にまた、諏訪の事務所の中に貼ってあった『イカロスの墜落』の絵が浮かんだ。

ロウの翼で自由に空を飛べる力を手にし、調子に乗って太陽に近づいてしまい、熱で翼が溶けて墜落したイカロス。

海に墜落し、海面から足だけを出したイカロスの哀れな姿が、記者というどこにでも行ける力を手にし、事件を起こして〝墜落〟した諏訪の姿と重なった。

二十二

諏訪幸平の逮捕・送検が終わり空港署の捜査本部が解散されると、主だった捜査員たちは空港近くの焼肉店を貸し切りにし、盛大な打ち上げを開いた。

捜査の本流から外されていたにも関わらず諏訪を逮捕して県警捜査一課強行一班の面目を保った内藤は宴会の主役には違いなかったが、猟犬が主人の命令を聞かず、勝手に獲物を捕らえて来たものだから、刑事部長はじめ公安部の人間から妬まれ、居心地が悪かった。

内藤は宴会の冒頭にだけ顔を出し、あいさつだけを済ませると、高橋を連れて空港から離れた町の繁華街で飲み直すことにした。

千秋国際空港は運用が再開され、寺の大本山がある華やかな参道には、この遅い時間になっても多くの外国人の姿があった。参道には航空会社のパイロットや客室乗務員も多く酒を呑みに来るらしい。

内藤はにぎやかな参道から一本路地に入り、静かで落ち着けそうな店を探した。すると、『東容亭』という一軒の古ぼけたバーが目に入った。

内藤は、誘われるようにその店へと入った。

「先輩、随分と古……、あ、いや、歴史がありそうな店っすね」

高橋が店内を見回しながら言った。バーとしてはまだ混み合う前の時間帯だからだろうか、カウンターの止まり木に客はいなかった。

「そうだな……」

内藤が応えると、バーのマスターらしき老人がカウンターを指したので、二人はそこに座り、ジントニックを一杯ずつ注文した。

「先輩、主役なのに打ち上げから抜けてきちゃって、良かったんすか？」

運ばれて来たジントニックのグラスを合わせると、高橋が話し出した。

「いいんだよ、あんなもの。どうせ公安とかテロ特のヤツらだって、おれとは呑みたくないだろう」

「ですけど、やっぱり主役が抜けるってのは……」

「いいんだよ、これで。お前もそのうち分かる」

「ですが……。だから先輩って、出世できないいんじゃゃないっすか？」

「ははは。よく言う。いいんだよ、おれは。生涯いち刑事で。あ、お前はおれのことなんかまねするなよ？」

「先輩……。それって、僕も『はい』って言いづらいじゃないっすか……」

「ははは。そうだな。まあいいや、呑もう」

内藤は初めての店で勝手が分からなかったので、とりあえずナッツの盛り合わせを頼んだ。それをつまんでいると、高橋が、

「でも先輩。先輩があの事件で、どうして僕をあの十字路に連れて行ってくれたのか、やっと理由が分かりましたよ」

と言った。内藤もすぐに、事件の捜査の最中、団結小屋近くの稲荷山十字路の慰霊碑に行き、木槿を献花したことを思い出した。

「ああ、あれか」

「先輩、もうすでにあの時、四十年前の稲荷山事件が今回の事件に関わっているって、分かってたんすね」

〝稲荷山〟という単語を聞き、グラスを磨いていたマスターがちらとこちらを見た。

「いや、そんな大それたもんじゃない。昔から火事でも車両火災でも、空港周辺で事件が起きたら、

まず反対派を疑えって不文律があったからな。今じゃあすっかり反対派も大人しくなったから、そんな昔の不文律なんか実行する人間の方が少なくなっちまったが。それだけだよ」

「そうっすか……。でも僕、あの事件で、空港って何だろうなって、少し考えちゃいましたよ。確かに、空港は便利っすけど、諏訪の言い分も分からないでもないのかなって……」

「お前、外で安易に名前は出すな」

「あ、すいません」

聞こえていないふりの気遣いだろうか、マスターはアイスピックで音を立て、氷をガシガシと割り始めた。

「で、アイツの言い分か？」

「はい。僕も今回、初めて滑走路近くの民家の地取りをしましたけど、騒音下ってのがあんなにうるさいものだとは思っていませんでした。ほら、先輩に電話かけても飛行機の音でまったく聞こえなかったじゃないですか？　住民と玄関でドア開けて話してても、まったく聞き込みにならなかったんすよ」

「あれは、実際に騒音下に来てみないと分からんよな」

「そうなんすよ。しかも、騒音下に暮らす住人たちにも聞いたんすけど、音だけじゃなくて、物も落ちてくるんすよ。一番多いのが氷らしいんすけどね。なんでも、外国のパイロットなんかだと、あの、タイヤをしまう脚下げってのを決まったエリアでやらないから、主脚を出し入れした時なんかにそこから氷が落ちてくるんだそうです。畑を耕してると、ビスなんかが見つかるのは日常茶飯事で、酷いのだと、こんな大きなパネルも空から降ってくるんだそうです」

高橋は、両手を左右いっぱいに広げながら、話に熱を込めた。

「落下物問題か」

「ええ。あんなものがいつ落ちてくるか分からないところで、安心して生活できますか？　屋根に突然、飛行機の部品が落ちてきて、ミサイルでも撃ち込まれたんじゃないかと窓を開けると、キーンと甲高い飛行機の騒音で耳をやられる。お上は規定があるからと、屋根の修理代だけを補償する。こっちは生命の危険があったっていうのにっすよ？」

若い高橋は、完全に騒音下住民の立場になってしまっていて、自分が騒音下に住んでもいないのに、〝こっち〟などという言葉を使った。

「まあ、そうだな」

「それで屋根を直しても、また氷だの部品だのが落ちてきて、また直す。せっかくきれいに庭を作っても、庭でくつろぐなんてできるはずがない。それがあそこに住んでいる限り、永遠に続くんです」

「だから政府は、移転補償をしてるんだろう」

「移転すりゃあいいってもんじゃありませんよ。僕だって、自分が生まれた土地は好きだし、今、親が住んでいる実家はいつか自分が受け継いで、ずっとそこで生活したいと思っています。ただ純粋に自分の土地を離れたくないいって人は、一定数いるはずですよ」

「だから諏……、じゃない、アイツの気持ちも分かるってことか」

「いえ。先輩が言っていた通り、アイツは単なる殺人犯です。僕がアイツの肩を持つことはありませんが、でも、アイツが言っていたことって、本当にあの騒音下で暮らす人たちが言っていたことと、まったく同じだったんです」

高橋はのどが渇いたのか、残っていたジントニックを一気に飲み干した。

「まあ、住民を地取ってお前が感化されたとまでは言わねえが、お前が言いたいことは分かるよ」

高橋が、自分の言い分を大先輩に認めてもらえ、目を輝かせた。

「だがな、タカタカ。そこから先は、お前がすることじゃない」

内藤はそう言って、同じようにジントニックを飲み干して続けた。

「アイツの言い分を聞いて情状酌量の余地があるかどうかを判断するのは司法だ。騒音下の問題をこれから先、航空需要が増え続けていく中、どうしていくのかを考えるのは政治の役割だ。社会ってのは、社会にいる人間がそれぞれの役割を果たしていくから成り立つんだ。お前はお前の仕事をしっかりとやっていけばいい。そうじゃないんなら、今からでも司法試験を受けて判事になったっていいし、選挙に出て政治家にでもなればいい」

空港建設予定地の集落に住んでいた内藤家は当時、土地は供出したが地域から完全には離れず、直下からは逸れていたものの現代で言う騒音予測範囲内、いわゆる騒音下に移転し、内藤の母親は現在も妹夫婦とともに暮らしていた。高橋の言い分、つまり、諏訪の言い分も高橋以上に分かっていた。しかも、自分の父親を馬場に惨殺されているのだ。その馬場を殺した諏訪の気持ちに寄り添いたいという気持ちもなかったかと言えば嘘になる。

だが、内藤には、若い高橋や諏訪のように、無我夢中に自分の考えを押し通すような考え方はできなかった。社会に生き、組織に生きるとは、そういうことだ。社会にもまれ、組織にもまれて生きてきた内藤がこの先、高橋や諏訪のような若さゆえの無謀さを取り戻すことなど、できようはずがなかった。若さなど、日々注がれる経験によって、味もしないまでに薄められていた。

お互いのグラスが空いたのに気付いた内藤は、次の酒を注文しようと、マスターに声を掛けた。

「え？　ここ、メニューってないんですか？」

マスターにメニューがないと言われて内藤が驚くと、マスターは、

「はい。お好きなものを言っていただければ、材料さえあれば何でもお作りします」

と、優しい笑顔を見せた。

内藤が「うーん……」と考えていると、見かねたマスターは、

「お客さん、警察の方ですよね？」

と聞いてきた。

「え？　あ、はい」

「でしたら、『千秋の空』というカクテルがあります。日本酒ベースなのですが、ジントニックがお好きでしたら、召し上がれるのではと思います」

そう言われた内藤は、ではと、そのカクテルを二杯頼んだ。

マスターは慣れた手つきでシェーカーに氷を入れ、この地域の銘酒「不動明王」、ホワイトキュラソー、レモンジュースを注いだ。シェーカーを振る音が止まると、流れるような動きで、グラスが氷とシェーカーの中身、トニックウオーターで満たされた。さらに、ブルーキュラソーが加えられ、透明感のあるベースと二層に分かれた、美しいカクテルが二人に差し出された。

「千秋の空です」

マスターが静かに言った。

「随分、きれいなカクテルですね」

そう言う内藤の横で、高橋が熱心にスマートフォンを構え、カクテルの写真を撮っていた。

「ええ。お客さまにご要望をいただいて四十年前に作ったものなんですが、今でも人気なんですよ」

「へえ……。じゃあ、客にこれこれこういうのを作ってくれって言われたら、それをその通りに作るわけですか」

「まあ、材料があれば、ですが」

「しかし、四十年前のレシピってのは凄いですね」

「この店は創業以来、お客さまにご要望をいただいたカクテルをお出ししておりまして、そのレシピをすべて記録しています。これだけが、うちの財産なんです。もし火事になったら、何に代えても、〝これ〟だけは持って逃げないといけません」

マスターが、カクテルのレシピをメモ書きしたような紙の束を取り出し、内藤に見せた。

「ちょっと見せていただいていいですか？」

「ええ、どうぞ」

内藤は、パラパラと紙束をめくった。高橋は相変わらず自分のスマホを操作しながら、ＳＮＳか何かに一生懸命書き込んでいる。

「あ、ちゃんと日付も入ってるんですね。この、角ばったような文字って、マスターの手書きですか？」

「よくお分かりで」

「所々に筆跡の違うような感じのがありますが」

「中には、白紙の紙にご自身でレシピをお書きになって注文されるお客さまもいらっしゃいます」

内藤は、紙束を時間をさかのぼるように次々とめくっていった。すると、「千秋の空」と書かれたレシピが見つかった。

「あ、あった。『千秋の空』。これはマスターの字じゃありませんね?」

「そうですね。お客さまがご自身で書かれたものです」

書かれた紙片の裏を見ると、鉛筆書きで、〝K〟の文字が丸で囲まれた記号と、片仮名で「ナイトウショウイチ」と書かれてあった。

「マスター、これって……」

「ああ、レシピを考えてくれた人に、名前を書いてもらってるんですよ」

「このアルファベットの〝K〟を丸で囲ったのって、〝県警〟って意味ですよね?」

「そうですね。業界の方は昔からよく使われます」

――〝県警 内藤正一〟……。この字は親父の字か? 親父が若い時に作ったカクテル……?

まさかとは思いながらも、内藤はマスターに、

「マスター。この〝ナイトウショウイチ〟って人、覚えてます？」

と聞いてみた。するとマスターは、内藤が持つレシピの紙も見ずに、

「ええ、覚えてますよ。そのカクテル、かなり出来が良くてお客さまにも人気だったので覚えています。『千秋の空』って名前も、その方が付けたんですよ」

マスターが昔を懐かしむような遠い目をした。

「へえ。どんな先輩だったんだろう？」

「確か、あの頃多かった空港警備の応援の方だったと記憶しています。当時、息子さんが小学校に上がられたばかりだと言われて、『成人したら息子連れて呑みに来る』なんておっしゃられていました。それ以来、お姿は拝見しておりませんが、今はもう、かなりのお年になられているんじゃないですかねえ……」

マスターはそれだけを言うと、いつものようにグラスを磨き始めた。

内藤は、手の中のレシピの紙に力強く書かれた〝ナイトウショウイチ〟という字をもう一度見つめた。

隣を見ると、高橋はようやくSNSの書き込みが終わったらしかったので、グラスを掲げて高橋と乾杯をした。

マドラーをそうっと回すと、透明な部分とブルーキュラソーの濃い青色が混ざり合い、グラスの中

が鮮やかな水色に染まった。カクテルの名前の通り、どこまでも続くような美しい、千秋の空色だった。

口をつけると、日本酒らしいガツンとした強さがトニックウオーターで和らげられ、爽やかで飲みやすかった。

「うまいなあ、これ……」

内藤は静かにうなった。

するとマスターが、

「日本酒なんて珍しいでしょう？　混ざり合わないものが混ざり合う。そんな願いを込めたんだそうです」

と教えてくれた。

――混ざり合わないものが混ざり合う……。反対派と警官隊がが……？

内藤は、反対闘争の渦中にあった当時の父の想いに触れたような気がした。

マスターがまじまじと内藤の顔を見て、

「そういえばその方、お客さんに似た感じでしたよ」

と、優しく笑った。

「え？　僕に似てた……？」

内藤は、店の扉のガラスに映る自分の姿を見た。

――混ざり合うのは、若さと経験か？　いや、過去と現在《げんざい》か？　親父はおれに、過去があるから現在《いま》がある、過去にとらわれすぎず、過去は過去として受け入れながら現在《いま》を生きろと言っているんじゃ……？

そして、自分が、父が死亡した時と同じ四十六歳になっていたことを思い出した。

内藤の記憶の中の父の顔は、すでにおぼろげになってしまっていた。

父はいつも仕事仕事で、家族写真はほとんどなかった。だから、遺影は、内藤が小学校に入学した時に撮影したものを使っていた。

内藤の入学を喜んで、優しく笑う遺影の父の顔が浮かんだ。

――親父……。随分遅くなっちまったけど、ちゃんと呑みに来たぞ……。

内藤は、残っていた酒を一気にあおると、カウンターからは見えない千秋の空に向け、高々とグラスを掲げた。

※参考資料・文献

『勇気一つを友にして』（片岡輝作詞、越部信義作曲）
『ブリューゲル』（宮川淳著、新潮美術文庫、一九七五年）
『図説　ブリューゲル　風景と民衆の画家』（岡部紘三著、河出書房新社、二〇一二年）
『ブリューゲルの世界　目を奪われる快楽と禁欲の世界劇場へようこそ』
（マンフレート・ゼリンク著、熊澤弘訳、パイインターナショナル、二〇二〇年）
『2019成田空港ハンドブック』（成田国際空港振興協会、二〇一九年）

【著者】
豊田 旅雅　Ryochi Toyoda

1973年、千葉市生まれ。明治大学文学部日本文学科卒業。元新聞記者。著書に『猿たちの法廷』（つむぎ書房）、『らえぬ女子の漂流』（つむぎ書房）。
『絞首台の下で踊れ』が「第13回金魚屋新人賞(辻原登奨励小説賞・文学金魚奨励賞)」最終候補に選出される。
2023年、『熱鷹――内陸空港の功罪――』で、「第2回らくむぎ出版コンテスト」優秀賞を受賞。

熱鷹　―― 内陸空港の功罪 ――

2023年4月14日　初版発行

著　者　豊田 旅雅
発　行　つむぎ書房
〒103-0023
東京都中央区日本橋本町2-3-15
共同ビル新本町5階
TEL／03(6281)9874
発　売　星雲社（共同出版社・流通責任出版社）
〒112-0005
東京都文京区水道1-3-30
TEL／03-3868-3275
製　作　らくじひ
〒534-0023
大阪市都島区都島南通1-3-16
URL／https://www.lowcost-print.com/shuppan/
印刷所　株式会社イシダ印刷
装　丁　036（らくじひ）

ISBN 978-4-434-32011-8